Bianca

Helen Brooks
Una última noche

HARLEQUIN™

Editado por HARLEQUIN IBÉRICA, S.A.
Núñez de Balboa, 56
28001 Madrid

© 2012 Helen Brooks. Todos los derechos reservados.
UNA ÚLTIMA NOCHE, N.º 2204 - 16.1.13
Título original: Just One Last Night
Publicada originalmente por Mills & Boon®, Ltd., Londres.

Todos los derechos están reservados incluidos los de reproducción,
total o parcial. Esta edición ha sido publicada con permiso de
Harlequin Enterprises II BV.
Todos los personajes de este libro son ficticios. Cualquier parecido
con alguna persona, viva o muerta, es pura coincidencia.
® Harlequin, logotipo Harlequin y Bianca son marcas registradas
por Harlequin Books S.A.
® y ™ son marcas registradas por Harlequin Enterprises Limited y
sus filiales, utilizadas con licencia. Las marcas que lleven ® están
registradas en la Oficina Española de Patentes y Marcas y en otros
países.

I.S.B.N.: 978-84-687-2399-0
Depósito legal: M-35515-2012
Editor responsable: Luis Pugni
Fotomecánica: M.T. Color & Diseño, S.L. Las Rozas (Madrid)
Impresión en Black print CPI (Barcelona)
Fecha impresion para Argentina: 15.7.13
Distribuidor exclusivo para España: LOGISTA
Distribuidor para México: CODIPLYRSA
Distribuidores para Argentina: interior, BERTRAN, S.A.C. Vélez
Sársfield, 1950. Cap. Fed./ Buenos Aires y Gran Buenos Aires,
VACCARO SÁNCHEZ y Cía, S.A.

Capítulo 1

MELANIE miró la carta que tenía en la mano. Las letras bailaban ante sus ojos, por lo que parpadeó varias veces antes de volver a leerla, incapaz de creer lo que su cerebro le decía.

¿No se daba cuenta Forde de que eso era imposible?, ¿de que era ridículo? De hecho, era tan absurdo que volvió a leer la carta por tercera vez para convencerse de que no estaba soñando. Había reconocido la letra de Forde al recoger el correo del felpudo y le había dado un vuelco el corazón, pero se imaginó que le escribiría por algo relacionado con el divorcio. Y en vez de eso...

Inspiró profundamente mientras se decía que debía tranquilizarse.

En vez de eso, Forde le había escrito para que le hiciera un trabajo. No a él, sino a su madre. Pero daba igual. Llevaban meses sin hablar y de pronto le escribía, tan fresco. Solo Forde Masterson podía hacer algo tan indignante e increíble.

Lanzó la carta a la mesa y abrió el resto del correo mientras acababa de desayunar. El pequeño comedor le hacía las veces de despacho, lo cual tenía sus inconvenientes si quería invitar a sus amigos a comer o a cenar. De todos modos, no tenía tiempo para las relaciones sociales. Después de dejar a Forde había dedicado todas sus energías a la empresa de diseño paisajístico que había creado un año después de casarse, justo después de...

No quería pensar en esa época, y no lo había hecho desde que abandonó a Forde. Era mejor así.

Después de leer la correspondencia, Melanie subió al diminuto cuarto de baño a ducharse y vestirse antes de llamar a James, su ayudante, para ver qué iban a hacer ese día. James era un empleado estupendo porque rebosaba entusiasmo y era muy trabajador, pero con su cuerpo musculoso y su aspecto atraía a las mujeres como la miel a las moscas. Solía aparecer por las mañanas con cara de cansancio, pero eso no afectaba a su trabajo, por lo que Melanie no tenía quejas.

Después de vestirse, Melanie se recogió la espesa melena rubia en una cola de caballo y se aplicó crema protectora en su pálida piel inglesa, que se quemaba con facilidad. El país padecía una ola de calor, y aquel día de agosto ya hacía mucho por la mañana.

Abrió la ventana del dormitorio para que entrara el aroma de las rosas. La casa era muy pequeña: el dormitorio y un cuarto de baño en el piso de arriba, y un minúsculo salón y el comedor en el de abajo, además de la pequeña cocina que daba a un jardincito, donde había una mesa y dos sillas rodeadas de tiestos llenos de flores. Al anochecer daba gloria cenar allí, acompañada del canto de los pájaros. No era aventurado decir que gracias a aquella casita no se había vuelto loca en los primeros dolorosos días después de abandonar la mansión que compartía con Forde.

La casita era una vivienda adosada en una zona habitada por matrimonios o personas solteras, en un pueblo situado al suroeste del Londres que todavía conservaba su antiguo encanto y que estaba lo bastante lejos de la casa de Forde, a casi cien kilómetros, como no para encontrarse con él por casualidad.

Al mudarse, Melanie se había preguntado si su negocio resistiría, pero había prosperado tanto que pudo contratar a James a los dos meses de dejar Londres. La naturaleza del trabajo se había modificado ligeramente: en la ciudad, se había dedicado a la regeneración de espacios urbanos mientras que en aquel momento se dedicaba básicamente a diseñar jardines públicos y privados y terrenos ganados al mar. A veces, James y ella se integraban en un equipo del que podían formar parte arquitectos, urbanistas e ingenieros de caminos, en función del trabajo.

Al darse cuenta de que se iba a poner a soñar despierta, Melanie se apartó de la ventana al tiempo en que comenzaba a pensar en lo que le esperaba ese día.

James tenía que ir a supervisar la demolición de unas antiguas pocilgas cuyo dueño quería transformar en un jardín de flores silvestres porque le preocupaba la pérdida de hábitats naturales en el campo.

Ella, por el contrario, tenía que dar el toque final a un jardín tradicional en el que, junto con James, llevaba trabajando tres semanas. Era un lugar ordenado y relajante que se manifestaba por el equilibrio entre espacio y simetría, y los detalles eran funda-mentales. Al director de banco jubilado y a su mu-jer, que acababan de comprar la propiedad, les ha-bía gustado la propuesta de Melanie.

Le encantaba su trabajo. Elaborar una creación personal para cada cliente era muy satisfactorio, al igual que conciliar sus ideas con el potencial del te-rreno en cuestión, lo cual no siempre era fácil, sobre todo si el cliente había visto en una revista su jardín «perfecto», que inevitablemente era mayor o más pequeño que el espacio del que disponía. Pero eso formaba parte del reto y la diversión.

Bajó las escaleras y se detuvo en la puerta del co-medor. Entonces se dio cuenta de que, desde que había leído la carta de Forde, sus palabras le daban vueltas en la cabeza.

Querida Melanie:
Te escribo para pedirte un favor, no para mí, sino para Isabelle.

Mientras miraba la carta sobre la mesa pensó que era típico de Forde: ir directo al grano.

Últimamente no está bien, y el jardín es de-masiado para ella, a pesar de que se niegue a re-conocerlo. Hay que cambiarlo de arriba abajo para que sus cuidados sean mínimos, ya que ella tiene casi ochenta años. El problema es que ni siquiera está dispuesta a dejar entrar a un jar-dinero, así que me es imposible convencerla de

*que unos desconocidos lo pongan a punto. Pero
en ti sí confiaría. Piénsalo y llámame.*

   Forde

¡Que lo pensara! Melanie negó con la cabeza. No
tenía que pensarlo: sabía lo que iba a hacer y, desde
luego, no iba a llamarle. Ella le había insistido en que
no se pusieran en contacto, y lo seguía manteniendo.

Se acercó a la mesa, tomó la carta y el sobre, los
rompió y los tiró a la papelera. Ya estaba. Se había
acabado. Ya tenía bastante que hacer aquel día para
pensar en Forde y en su ridícula petición.

Se detuvo a reflexionar un momento. ¿Qué había
querido decirle con que Isabelle no estaba bien? Se
imaginó la dulce cara de la madre de Forde y le dio
un vuelco el corazón. Había sido casi tan terrible
dejar a Isabelle como a su hijo, pero sabía que debía
cortar todos los vínculos con Forde para poder seguir adelante.

Había escrito una nota a su suegra en la que le
decía que no esperaba que ella lo entendiera, pero
que tenía buenos motivos para hacer lo que había
hecho y que eso no había cambiado el cariño y el
respeto que sentía por la anciana. Le pedía que no
respondiera a la nota. Pero Isabelle lo hizo y Melanie le devolvió la carta sin abrir, a pesar del dolor
que le causaba, pues pensaba que hacía lo correcto.
No quería que fuera el tercero en discordia. Isabelle
adoraba a Forde, que era su único hijo. El padre había muerto cuando este era un adolescente.

El sonido del teléfono móvil la sacó de sus pensamientos. Era James. Había habido un accidente

en la carretera, por lo que iba a llegar tarde. ¿Podía ir ella, antes de dirigirse a su trabajo, para especificar a los trabajadores lo que había que hacer?

A Melanie le pareció bien. No confiaba en que los trabajadores miraran los planos. Ya se habían dado casos en que había habido graves errores.

Decidió salir de inmediato y, en cuestión de minutos, se dirigía hacia allí en una vieja camioneta. Iba a tener un día muy ajetreado, lo cual estaba bien porque le impediría pensar en la carta de Forde.

En efecto, fue un día ajetreado. Melanie llegó a su casa al atardecer con un cheque por una suma importante en el bolsillo. La pareja jubilada había quedado encantada con el jardín. Después de aparcar en el espacio que le estaba reservado, caminó hacia su casa y entró por la parte de atrás en el minúsculo jardín. Aspiró el perfume de las rosas que adornaban las paredes. Estaba en casa, y lo único que quería era darse un largo baño para relajarse. Ni siquiera había tenido tiempo de comer.

Al entrar, se quitó las botas que usaba para trabajar y las dejó sobre un felpudo, listas para la mañana siguiente. Subió las escaleras descalza, fue al cuarto de baño y abrió el grifo de la bañera antes de dirigirse a la habitación a desnudarse.

Dos minutos después se hallaba sumergida en el agua y mirando por la ventana abierta las primeras estrellas que aparecían en el cielo. Cansada como estaba, era un placer estar en el agua a oscuras y sin pensar en nada, aunque esa noche no le estaba resultando fácil.

Se dio cuenta de que, contra su voluntad, llevaba

todo el día acordándose de Forde. No quería tener ninguna clase de contacto con él ni que invadiera sus pensamientos y la alterara. Tanto él como Isabelle pertenecían al pasado. Era una cuestión de supervivencia.

Oyó que el teléfono sonaba en el piso de abajo y dejó que el contestador tomara el mensaje. Cerró los ojos, pero, al cabo de unos minutos, comenzó a sonar el móvil, que estaba en el comedor, en el bolsillo de los vaqueros. Probablemente fuera James para contarle cómo le había ido el día, pero no trató de confirmarlo. Se dijo que esos momentos los tenía reservados para ella.

Salió de la bañera media hora después. Para entonces había otros dos mensajes en el contestador. Se enrolló una toalla en la cabeza y se puso un albornoz. Su estómago le indicaba que no había comido nada desde el desayuno. Sin vestirse, bajó las escaleras.

Al llegar al vestíbulo llamaron a la puerta con brusquedad.

¿Quién podía ser? ¿James para informarla de algún desastre al no haber podido localizarla por teléfono? Trató de borrar de su expresión todo indicio de enojo, se apretó el cinturón del albornoz y abrió la puerta sonriendo.

El hombre alto y guapo con el que se encontró no era James.

Melanie se quedó de piedra.

–Hola –Forde no sonrió–. ¿Te interrumpo?

–¿Qué? –lo miró con expresión anonadada. Tenía un aspecto magnífico con la camisa blanca y los vaqueros negros. Era como una torre de músculos de perturbadora masculinidad.

Los ojos grises de él se dirigieron al albornoz y de nuevo a su cara estupefacta.

–¿Tienes visita?

Melanie se puso colorada al tiempo que sentía una descarga de adrenalina en el cuerpo. Con expresión gélida le preguntó:

–¿Qué has dicho?

Forde se relajó un poco. Se había equivocado, pero llevaba todo el día esperando respuesta a su carta y, tras llamar a Melanie varias veces, había decidido comprobar si no quería hablar con él o si no estaba en casa. Había luz en el piso de arriba y ella había abierto la puerta vestida de aquella manera. ¿Qué podía pensar?

–Me preguntaba si había alguien contigo. No has respondido al teléfono.

–He llegado tarde de trabajar y me estaba bañando... –Melanie se interrumpió bruscamente–. ¿Por qué tengo que darte explicaciones? ¿Y cómo te atreves a sugerir que tengo a un hombre en casa?

–Era la conclusión evidente.

–Tal vez para ti, pero no debieras juzgar con tus criterios a todo el mundo –dijo ella mirándolo furiosa.

–Me he colado.

Su expresión burlona fue la gota que colmó el vaso. Forde era la única persona del mundo que conseguía irritarla de tal manera que hacía que la fría fachada tras la que se protegía se desplomara. Como se había criado en diversos hogares de acogida, había aprendido enseguida a ocultar sus sentimientos, pero no le había servido de nada con Forde.

–¿Quieres hacer el favor de marcharte? –dijo ella con sequedad mientras trataba de cerrar la puerta y el hombro de él se lo impedía.

–¿Has recibido mi carta? –en contraste con la furia de ella, Forde parecía tranquilo.

Melanie asintió al tiempo que abandonaba sus intentos de cerrar la puerta.

–¿Y?

–¿Y qué?

–No me digas que no te importa.

Ella sintió que su enfado desaparecía.

–¿Cómo está Isabelle?

–Sigue tan terca como una mula, como siempre.

Ella estuvo a punto de sonreír. La madre de Forde era una versión más suave y femenina de su terco e inflexible hijo, aunque tan resuelta como él. Pero siempre había demostrado un gran afecto a Melanie y la había apoyado; había sido la madre que siempre había deseado tener. Al pensarlo, el dolor, siempre presente, aumentó. A pesar de ello, su voz no denotó emoción alguna al afirmar:

–Dices que no está bien.

–Se cayó en el maldito jardín y se rompió la cadera y, cuando la operaron, hubo complicaciones cardiacas.

Melanie había creído que tendría la gripe o algo así. Pero una operación... Podía haber muerto y ella no se hubiera enterado.

–Lo siento.

–No tanto como yo –dijo Forde en tono grave–.

No hace lo que le dicen y parece empeñada en volver al hospital. Se niega a venir a vivir conmigo o a ir a una residencia. Estaba decidida a volver a su casa en cuanto le dieran el alta. Solo ha transigido en que contrate a una enfermera que viva con ella hasta que pueda valerse por sí misma de nuevo, y lo ha hecho después de protestar mucho. Es tremenda.

Melanie lo miró. Él hubiera hecho lo mismo en las mismas circunstancias. Él sí que era tremendo. Y el hombre más sexy del planeta.

«No dejes que se dé cuenta de que su presencia te afecta», se dijo. «Sabes que lo vuestro ha terminado. Sé fuerte».

–Lo siento –repitió–, pero comprenderás que es ridículo que me ponga a trabajar para tu madre. Estamos en mitad del divorcio.

–En efecto, pero eso no debiera influir en tu relación con Isabelle. A propósito, le dolió mucho que le devolvieras la carta sin leerla.

Aquello era injusto y un golpe bajo. Pero así era Forde.

–Lo hice porque era lo mejor.

–¿En serio? ¿Para quién?

–No voy a discutir contigo, Forde –se estremeció a pesar de la calidez de la noche.

–Tienes frío –afirmó él mientras abría la puerta del todo y ella retrocedía instintivamente–. Vamos a hablar dentro.

–¿Cómo? Me parece que no te he invitado a entrar.

–Llevamos casados dos años y, a menos que hayas estado fingiendo todo, sientes afecto por mi madre. Te estoy pidiendo que la ayudes. ¿Vas a negarte?

Dos años, cuatro meses y cinco días, para ser exactos. Y los primeros once meses había sido como estar en el paraíso. Después...

–Vete, por favor –dijo ella débilmente–. A nuestros abogados no les gustaría esto.

–Al infierno con los abogados –la tomó del brazo para apartarla, entró en el vestíbulo y cerró la puerta–. Son todos unos parásitos. Tengo que hablar contigo, y eso es lo importante.

Se hallaba muy cerca de ella, tanto que su delicioso olor la envolvió despertando recuerdos seductoramente íntimos. Se le cubrió la piel de una fina capa de sudor y se le aceleró el corazón. Forde era el único hombre al que había querido e incluso en aquellos momentos ejercía sobre ella una enorme fascinación.

–Vete, por favor –repitió ella con voz más firme.

–Mira, Nell –murmuró él–, prepara café y escúchame. Es lo único que te pido. Hazlo por Isabelle.

La dura disciplina que Melanie había aprendido de niña hizo que pudiera controlar la oleada de emoción que la inundó al usar Forde el diminutivo de su nombre.

–No es buena idea, Forde.

–Es una idea excelente.

Ella lo miró y supo que no iba a dar su brazo a torcer.

–Parece que no me queda más remedio –dijo mientras lo conducía al salón.

Forde la siguió, sorprendido de que lo hubiera dejado entrar sin oponer mayor resistencia. La primera batalla había acabado, pero aún quedaba mucho para ganar la guerra.

Examinó la pequeña habitación, que en todo llevaba el sello de Melanie: de los sofás y las cortinas a juego a la chimenea victoriana, muy bien restaurada. Todo con estilo y acogedor, moderno pero sin estridencias.

En una de las paredes había un hermoso espejo, pero ni cuadros ni fotos. Nada personal.

–Siéntate –le indicó uno de los sofás–. Voy a preparar el café –y se fue mientras se quitaba la toalla de la cabeza.

Él no aceptó la invitación, sino que la siguió a la cocina, en cuya mesa había papeles y carpetas. Forde pensó que se pasaría el día metida en casa trabajando.

–No me ha dado tiempo a fregar los platos esta mañana, y anoche estaba muy cansada.

Él se sentó a horcajadas en una silla y apoyó los brazos en el respaldo.

–No tienes que disculparte.

–No lo he hecho. Simplemente te he dado una explicación.

Sin hacer caso de la hostilidad de sus palabras, él sonrió.

–Es una casa muy bonita.

Ella lo miró a los ojos y él se dio cuenta de que trataba de adivinar si lo había dicho en serio.

–Gracias –dijo ella al tiempo que sus hombros se relajaban ligeramente–. A mí me gusta.

–Janet te manda recuerdos.

Janet era la asistenta que iba a casa de Forde unas horas, todos los días, para limpiar y prepararle la cena. A Melanie le caía muy bien. Janet estaba con ella el día del accidente y se había sentado a su lado abrazándola hasta que llegó la ambulancia.

«No pienses en eso», se dijo.

–Salúdala de mi parte –tomó aire y decidió que necesitaba algo más fuerte que el café. Abrió la nevera–. Hay vino si lo prefieres al café.

–Estupendo, gracias –se levantó y abrió la puerta trasera que daba al jardín–. ¿Nos lo tomamos aquí?

Ella intentó olvidarse de que estaba desnuda bajo el albornoz, pero le resultó difícil al notar que su cuerpo reaccionaba ante él como lo había hecho siempre. Bastaba con que la mirase para que sintiera que se derretía.

Forde desprendía masculinidad y magnetismo al andar, al sonreír, al moverse... Era muy alto y corpulento, sin un gramo de grasa en su cuerpo musculoso; pero era su rostro, tremendamente atractivo, el que atraía a las mujeres de cualquier edad. Era un rostro duro enmarcado por el cabello negro, en el que destacaban sus ojos grises. Era un rostro sexy y cínico, a cuyo encanto contribuía la boca ligeramente torcida.

Pura dinamita, en opinión de una de las amigas de Melanie cuando esta había empezado a salir con él. Pero la dinamita era poderosa y peligrosa.

Cuando salió al porche con dos copas y la botella de vino, Forde ya estaba sentado a la mesa mirando las rosas que cubrían la pared. El ambiente era cálido. Faltaba un mes para que llegara el otoño.

El día que había abandonado a Forde nevaba. Habían pasado siete meses. Siete meses sin él en su vida, en su cama...

Se sentó después de dejar las copas en la mesa y tiró de los faldones del albornoz para que le cubrieran bien las piernas. Tuvo que esforzarse para no devorar a Forde con los ojos. Había deseado con ansia volver a verlo: todas las noches soñaba con él y a veces se pasaba horas sentada en el porche, a oscuras, tras una fantasía erótica que le impedía volver a conciliar el sueño.

–¿Cómo estás? –la voz masculina hizo que lo mirara.

Tomó la copa y bebió antes de responder:

–Bien, ¿y tú?

–Muy bien –su tono era sarcástico–. Mi esposa me abandona alegando diferencias irreconciliables y me amenaza con conseguir una orden de alejamiento cuando trato de hacer que entre en razón en las semanas siguientes...

–Me llamabas cientos de veces al día y aparecías en todas partes –lo interrumpió ella–. Era una obsesión.

–¿Qué esperabas? Sé que las cosas cambiaron después del accidente, pero...

Esa vez lo interrumpió levantándose de un salto.

–No quiero hablar de ello, Forde. Si has venido para eso, te puedes marchar.

–¡Maldita sea, Nell! –él se pasó la mano por el pelo mientras trataba de controlar sus emociones. Volvió a hablar con voz fría y tranquila–. Siéntate y bébete el vino. He venido a hablar del jardín de mi madre. Eso es todo.

–Creo que es mejor que te vayas.

–No seas dura –le lanzó una mirada sardónica.

–Eres el hombre más arrogante del mundo –y el más atractivo, por desgracia.

–Siéntate y deja de comportarte como una heroína victoriana de una mala película. Deja que te explique cómo está mi madre antes de que tomes una decisión, ¿de acuerdo?

Ella se sentó, no porque quisiera, sino porque era lo único que podía hacer.

–Además del daño en la cadera tiene problemas cardiacos, pero el mayor problema es ella misma. Hace dos días la pillé tratando de podar un arbusto. Se había escabullido mientras la enfermera estaba ocupada. Le he ofrecido contratar a un jardinero para cuidar el jardín o hacerlo yo mismo, pero se niega. Al sugerirle que hay que cambiar el tipo de plantas, lo ha reconocido de mala gana, pero rechaza que lo hagan unos desconocidos. Apuesto lo que quieras a que, dentro de un par de semanas, cuando ya no necesite a la enfermera, me la encontraré tirada en el suelo o algo peor.

Melanie se percató de que estaba muy preocupado. Y sabía la pasión que Isabelle sentía por el jardín. Pero ya no podía hacer lo mismo que treinta, veinte e incluso diez años antes. Sin embargo, sufriría si no podía salir al jardín. Había que rediseñar el terreno conservando los viejos árboles que Isabelle tanto quería, pero habría que convencerla para que un jardinero se ocupara durante determinadas épocas del año de recoger hojas y otros desechos. Y no veía cómo iba a aceptarlo, a no ser que...

–Como es evidente, tengo que hacer una evaluación del terreno. James, el hombre que trabaja para mí, es muy agradable, y a las ancianas les encanta –pensó que también a las jóvenes–. Si Isabelle lo conoce es posible que acceda a que vaya un par de veces al mes a trabajar en el jardín, que diseñaré de modo que necesite un mantenimiento mínimo.

–Entonces, ¿lo harás? ¿Aceptarás el trabajo?

Melanie lo miró a los ojos. Algo en su mirada le recordó, por si no lo sabía, que estaba jugando con fuego.

–Con condiciones.

–Me lo temía. De acuerdo. ¿Cuáles? Espero que nada demasiado caro.

La situación era demasiado íntima: el entorno silencioso que los encerraba en su pequeño mundo, el aire perfumado, el masculino cuerpo de Forde a escasos centímetros del suyo y, para colmo, su desnudez bajo el albornoz. No debiera haberle dejado entrar.

Apuró la copa de vino y se sirvió otra. Forde puso la mano sobre su copa, que estaba medio vacía, cuando ella fue a llenársela.

–Tengo que conducir –dijo. Se recostó de nuevo en la silla y cruzó las piernas–. Dime las condiciones. No seas tímida.

Su sarcasmo la ayudó a aumentar su determinación, pero seguía sintiéndose al borde del precipicio. Un movimiento en falso y estaría perdida.

–Pero antes de que lo hagas –prosiguió él mientras le tomaba la mano con rapidez, antes de que ella tuviera tiempo de retirarla, y se la apretaba al tiempo que se inclinaba sobre la mesa–. ¿Me sigues queriendo, Nell?

Capítulo 2

TÍPICO de Forde Masterson! Tenía que habérselo esperado, tenía que haber sido consciente de que acabaría pillándola desprevenida. Su vena despiadada había convertido la empresa inmobiliaria que, a los dieciocho años, había iniciado en el dormitorio de la casa de sus padres, con la ayuda de la herencia que le había dejado su abuela, en una empresa multimillonaria en cuestión de dieciséis años. Sus amigos lo consideraban inexorable, testarudo e inflexible; sus enemigos lo calificaban de otra manera, pero incluso ellos reconocían que preferían tratar con él que con otros tiburones del negocio. Era despiadado si la situación lo requería, pero cumplía la palabra dada, lo cual era cada vez más extraño en aquel mundo.

Melanie lo miró. Su mirada era inescrutable.

–Te he dicho que no voy a hablar de nosotros.

–No te he pedido que lo hagas. Un sí o un no me bastará –Forde arqueó las cejas con expresión burlona.

Ella negó con la cabeza y la melena le ocultó la cara al tiempo que se soltaba de la mano de él.

–Esto no tiene sentido. Se ha terminado. Nosotros hemos terminado. Acéptalo y sigue adelante. Yo lo he hecho.

«Mentirosa», se dijo.

–Sigues sin contestarme.

–No tengo que hacerlo –para controlar el temblor interno que experimentaba tomó la copa de vino y dio varios sorbos mientras rogaba que no le temblara la mano–. Recuerda que estás en mi casa. Yo establezco las normas.

–El problema es que nunca creíste en un final feliz, ¿verdad? –preguntó él en voz baja.

Ella alzó la cabeza con brusquedad y Forde observó que se ponía la máscara. Siempre lo había hecho: ocultar lo que pensaba y adoptar una expresión distante; pero él casi siempre conseguía destruir ese mecanismo de defensa.

Sabía que había tenido una infancia dura: huérfana a los tres años, no recordaba a sus padres. Su abuela materna se había quedado con ella al principio, pero murió al año siguiente y ningún otro familiar le ofreció su hogar. Había pasado por varias familias de acogida. La propia Melanie reconocía haber sido una niña conflictiva y traviesa.

Cuando se enamoró de ella trató de compensarla por todo lo que había sufrido. Y seguía queriendo hacerlo. El único obstáculo era la propia Melanie: un enorme obstáculo.

–Desde el día en que nos conocimos esperabas que nos separáramos –prosiguió él en el mismo tono calmado–. Esperabas que todo se estropeara. Y no me he dado cuenta hasta hace poco. No sé por qué, ya que había muchos indicios desde el principio.

–No sé de qué me hablas –masculló ella.

Él la observó mientras acababa la segunda copa de vino. Su voz y su lenguaje corporal contradecían la falta de expresión de su rostro. Bajo la apariencia de ser una mujer de negocios fuerte y capaz, Melanie tenía miedo.

De él.

Forde se había dado cuenta al mismo tiempo que había llegado a la conclusión de que ella no creía que envejecerían juntos. Sabía que ella lo quería y respetaba, pero también que esos sentimientos la habían hecho sentirse asustada y vulnerable. Antes de conocerlo, a los veinticinco años, toda la vida había estado sola, y su coraza había sido dura de romper. Pero él lo consiguió. Ella le había dado acceso a su interior, pero no lo suficiente, o no estarían como se encontraban en aquel momento.

–Al principio, después del accidente, me eché la culpa de nuestro distanciamiento y de las peleas continuas. Fui un estúpido al no darme cuenta de que habías decidido excluirme de tu vida y de que nada te haría cambiar de opinión.

Ella no habló. Parecía de piedra, una hermosa estatua de piedra sin sentimientos ni emociones.

–El accidente...

–Deja de hablar del accidente –le ordenó ella con sequedad, aunque había sido ella la que había insistido en denominarlo así–. Fue un aborto. Me caí por las escaleras y maté a nuestro hijo.

–Nell...

–No –ella alzó una mano–. Enfrentémonos a los hechos. Eso es lo que sucedió, Forde. Nació prematuro y no pudieron salvarlo. Unas semanas más y todo hubiera salido bien, pero con veintidós semanas no tenía ninguna posibilidad. Yo debía haberlo cuidado y mantenido a salvo, y le fallé.

En cierto modo, él se alegró de que hablara sobre eso, ya que, antes, ella se había negado y le había ocultado sus emociones. Por otra parte estaba consternado al comprobar que, dieciséis meses después, se seguía sintiendo culpable. Aquella mañana se había sentido un poco mareada y se había quedado en la cama después de que él se fuera a trabajar... Janet le subió el desayuno a las diez. A las diez y media oyó un grito terrible y un golpe, y salió corriendo de la cocina hacia el vestíbulo. Halló a Melanie semiinconsciente al pie de las escaleras, con el contenido de la bandeja esparcido a su alrededor.

Había sido un trágico accidente. Pero desde el momento en que, unas horas después, su hijo naciera muerto, ella se había replegado en sí misma y él había sido incapaz de consolarla. De hecho, apenas dejaba que se le acercara y él estaba convencido de que lo odiaba, porque le recordaba todo lo que habían perdido.

Y así habían seguido mes tras mes. Melanie se entregó al negocio que había iniciado y se dedicó exclusivamente a trabajar. Forde se consideraba afortunado si la veía una hora por las noches. Y había sido una tortura. Lo seguía siendo.

Quiso decirle que los accidentes ocurrían, pero le pareció un comentario trillado, dadas las circunstancias. En lugar de ello se levantó y la atrajo hacia sí. Estaba rígida.

–Habrías dado tu vida por la suya si hubieras podido –le dijo en voz baja–. ¿No te das cuenta de que nadie te considera responsable, Nell?

Melanie se estremeció.

–Márchate, por favor.

La sintió frágil entre sus brazos. Estaba muy delgada y se tambaleaba ligeramente, como si se fuese a desmayar.

–¿Qué te pasa? ¿No te encuentras bien? –estaba muy pálida.

Ella lo miró y se dio cuenta de que lo estaba agarrando para sostenerse.

–Creo que se me ha subido el vino a la cabeza –murmuró ella aturdida–. No he tomado nada desde la hora del desayuno, y dos copas de vino...

Por eso había hablado del aborto. Él le dijo con voz suave:

–Vamos dentro. Te prepararé algo de comer.

–No, ya me las arreglaré sola. Te llamaré.

Forde no iba a marcharse de ningún modo, sobre todo porque estaban hablando por primera vez desde la muerte de Matthew. Sintió una punzada de dolor al recordar a su hijo, tan perfecto y diminuto, pero se controló. No dijo nada mientras la conducía al interior y la sentaba en una de las sillas del comedor. Después fue a la cocina y ella no protestó. Echó una ojeada a lo que había en la nevera y se volvió para decirle:

–Puedo hacerte una tortilla de queso y... –se paró en seco al ver que estaba llorando.

Maldijo para sus adentros y se aproximó a ella, la levantó y la abrazó mientras le murmuraba todo lo que llevaba meses queriendo decirle: que la quería, que lo era todo para él, que la vida carecía de sentido sin ella, que no era responsable del accidente...

Melanie, ya sin defensas, se agarró a él y absorbió su fuerza, su olor familiar, y lo necesitó como nunca. Jamás había querido a nadie más y sabía que no lo haría: Forde era todo lo que deseaba. Algún rincón de su cerebro le indicó que debería apartarse de él, pero se olvidó de la advertencia ante el éxtasis de estar en sus brazos, de sentirlo y tocarlo tras tantos meses separados.

—Bésame —susurró él cuando ella alzó la cabeza y lo miró—. Demuéstrame que me amas.

Inclinó su boca hacia la de ella y le rozó los labios con un leve beso, pero ella, descaradamente, le pidió más al besarlo apasionadamente con la boca abierta.

Melanie lo oyó gemir, sintió que dejaba de controlarse y que comenzaba a besarla como si se estuviera ahogando de agónica necesidad. Cuando la levantó del suelo y la apretó contra su pecho sin dejar de besarla, ella no pensó en escapar.

Su forma de hacer el amor siempre había sido maravillosa, y ella llevaba mucho tiempo sin Forde. Necesitaba volver a saborearlo, sentir sus manos y su boca en el cuerpo, sentirlo en su interior.

Apenas se dio cuenta de que él la llevaba al piso superior. Y de pronto estaba tumbada en la cama en medio de una oscuridad que únicamente rompía la luz que entraba por la ventana. Él siguió besándola mientras se quitaba la ropa a toda prisa. Le acarició el cuello y el hueco bajo la oreja con sus labios ardientes antes de volver a la boca, que besó con tanto ardor que ella gimió de deseo.

A Melanie se le había desabrochado el albornoz y él se lo quitó mientras murmuraba:

–Mi incomparable amor...

Melanie no pensaba con claridad, solo deseaba estar aún más cerca de él; la fiereza de su deseo era comparable a la de Forde. Se acariciaron con dulce violencia mientras se retorcían como si fueran a devorarse mutuamente y, cuando él la penetró, ella gritó su nombre en medio de convulsiones similares a las de él. El clímax fue tan tumultuoso como el resto del acto, y una oleada tras otra de placer los condujeron a un mundo de pura sensación, sin pasado ni futuro, solo la luz cegadora del presente.

Forde continuó abrazándola mientras se calmaban los latidos desbocados de sus corazones y le murmuraba palabras de amor. Con los ojos cerrados, ella se colocó más cómodamente entre sus brazos, como había hecho tantas veces tras una noche de amor, y lanzó un leve suspiro. Al cabo de unos segundos estaba profundamente dormida de puro agotamiento.

Los ojos de Forde se habían acostumbrado a la oscuridad y, apoyándose en un codo, estudió el rostro de Melanie. Su piel era tan blanca como la leche, sus párpados, frágiles óvalos bajo las finas cejas, y los labios eran llenos y sensuales. Le apartó un mechón de pelo de la frente, incapaz de creer que lo que acababa de pasar fuera verdad.

Había poseído a otras mujeres antes que a Melanie, y al verla por primera vez en la boda de un amigo común, pensó que lo único que quería era poseerla como a las demás, disfrutar de una aventura sin ataduras. Después de la primera cita ya estaba profundamente enamorado, algo que nunca le había sucedido. Se casaron al cabo de tres meses, el día en que ella cumplió veintiséis años, y se fueron de luna de miel al Caribe.

Recordó las noches que habían pasado abrazados. Por primera vez había comprendido la diferencia que existía entre el sexo y el amor, y supo que no querría separarse de ella jamás.

Volvieron a Inglaterra y se fueron a vivir a su residencia de soltero, que Melanie reformó para convertirla en un hogar. Había dejado de trabajar cuando se casaron porque quería tener un hijo inmediatamente, y a él le parecía bien todo lo que ella deseara. Sabía que Melanie no había tenido una familia ni un hogar y entendía lo mucho que deseaba tener hijos.

Frunció el ceño en la oscuridad. Lo que no había entendido era que su prisa en formar una familia derivaba del miedo, del terror de verse privada de todo lo que estaba disfrutando en aquellos momentos.

Y entonces se había producido el aborto.

Cerró los ojos al recordar la negrura de aquella época.

Todo había cambiado, empezando por Melanie. Él creyó que ese día había perdido a su mujer, además de a su hijo. Al principio pensó que volvería a comunicarse con ella, ya que la quería con locura, pero fueron pasando las semanas y los meses y la pared impenetrable que ella había erigido entre ambos siguió allí.

Por eso no se sorprendió al volver una noche y descubrir que ella se había marchado dejándole una nota en la que le pedía el divorcio.

Montó en cólera porque lo hubiera abandonado cuando nada en el mundo hubiera conseguido que él hiciera lo mismo. Y se sintió desesperado y lleno de miedo por ella.

Melanie se removió un poco antes de apretarse más contra él con la cabeza apoyada en su pecho.

Él la abrazó con más fuerza; parecía tan pequeña, tan frágil, tan joven... Lo cual era así hasta cierto punto, ya que lo había abandonado y, en cuestión de meses, había rehecho su vida. Mientras que él... se había limitado a existir.

No se esperaba lo que había sucedido esa noche. ¿Se arrepentiría ella por la mañana? Le acarició el pelo con la barbilla. Tendría que conseguir que no fuera así. Había dicho a Melanie, en una de las peleas que tuvieron después de que ella se marchara, que nunca la dejaría libre, y lo había dicho en serio. Pero también se había percatado de que ella se hallaba a punto de derrumbarse mental, física y emocionalmente. Así que se había retirado para dejarle espacio. Pero ya estaba bien. Esa noche le había demostrado que ella lo seguía deseando con independencia de lo que pensara sobre su matrimonio. Y eso era un punto de partida.

Se quedó muy quieto mientras ella dormía y analizó con su mente astuta e inteligente cada gesto, cada abrazo y cada beso.

Al alba seguía despierto. Por fin se durmió cuando los pájaros dejaron de cantar, con Melanie aún abrazada contra su corazón.

Capítulo 3

EL SOL ya estaba alto cuando Melanie abrió los ojos tras la primera noche de sueño reparador desde que había dejado a Forde. Había dormido tan profundamente que durante unos segundos permaneció en estado de semiinconsciencia, pero después la invadieron recuerdos de la noche anterior mientras se percataba de que estaba acurrucada junto al origen de su bienestar.

Forde.

Se quedó paralizada temiendo que él abriera los ojos. Pero al comprobar que la vibración que sentía bajo su mejilla no se interrumpía, levantó la cabeza con precaución. Forde dormía profundamente.

Se separó de él despacio y se detuvo a contemplar su rostro: la nariz recta, los pómulos altos, la boca torcida y sensual, incluso en reposo, y la barba incipiente.

¿Cómo había sido tan estúpida como para acostarse con él? No servía de nada atribuirlo a que había bebido. La noche anterior había deseado a Forde; para ser más exactos, lo había hecho desde la noche en que se separaron.

Pero se dijo que no lo necesitaba. Lo había demostrado, ya que llevaba siete meses viviendo sola. Y se las había arreglado, aunque no sabía cómo había sobrevivido a la pérdida de Matthew. Había deseado morir, destrozada por la pena y el sentimiento de culpabilidad.

Se levantó con cuidado. El temblor que le había comenzado en la boca del estómago se le extendió a los miembros. Tenía que marcharse antes de que Forde se despertara. Era un acto cobarde, mezquino y egoísta, pero tenía que hacerlo. Lo quería demasiado para hacerle concebir esperanzas de que pudieran volver a intentarlo. Su matrimonio se había acabado, estaba reducido a cenizas. Había muerto cuando ella se cayó por las escaleras.

Recogió la ropa y, una vez en la cocina, se vistió rápidamente, temerosa de oír ruido en el piso superior en cualquier momento. Después escribió una nota a Forde odiándose por su crueldad, pero sabiendo que si lo veía esa mañana se disolvería en un torrente de lágrimas.

Forde, no sé qué decirte salvo que siento muchísimo haberme comportado como lo hice anoche. Todo pasó por mi culpa, lo sé. Es imperdonable.

No puedo volver contigo, lo cual no tiene nada que ver con tu forma de ser. Soy yo. Tengo que decirte que sigo queriendo el divorcio. Haré el trabajo para Isabelle, si quieres. Llámame esta noche para hablar de ello, pero no vuelvas a venir a verme. Esa es la primera condición.

Vaciló. ¿Cómo acabar una nota como aquella, sobre todo después de lo que habían compartido la noche anterior?

Espero que puedas perdonarme algún día.
Nell

Al menos le debía la intimidad del diminutivo, pensó, al tiempo que se sentía despreciable. Él había tratado de consolarla al llegar, y ella prácticamente le había suplicado que le hiciera el amor. Sabía que lo había instigado.

Subió al piso de arriba y dejó la nota sobre la ropa de la que Forde se había despojado frenéticamente la noche anterior, pero no lo miró porque le hubiera resultado insoportable hacerlo.

Cuando se alejaba en el coche comenzó a derramar las lágrimas que había estado conteniendo.

Consiguió apartarse de la carretera tomando un desvío hacia un bosquecillo. Apagó el motor y, llena de remordimientos y reproches, lloró hasta quedarse sin lágrimas. Después se bajó del coche para tomar el aire. Oyó el canto de los pájaros, alzó la vista y vio una bandada de gorriones.

La vida era muy sencilla para ellos y para todo el reino animal. Solo el homo sapiens, supuestamente la especie superior, era el que complicaba las cosas.

Aún tenía en la piel la fragancia de Forde y su sabor en los labios. Recordó la gloriosa sensación de tenerlo dentro de sí. Dormirse con la cabeza apoyada en su pecho, cerca de su corazón, había sido como volver a casa y le había producido tanto placer como hacer el amor.

Pero se dijo que no debía pensar en ello. Era muy temprano para ir a la granja en la que James y ella iban a trabajar la semana siguiente, pero, de camino, había un café que estaría abierto y donde podría desayunar.

En el café solo había otro cliente, un camionero que leía el periódico mientras comía. Después de pedir té con sándwiches, fue al servicio. Se miró al espejo. Había salido de casa sin ducharse ni lavarse los dientes.

Se quitó la ropa, se lavó con el basto jabón que había en el lavabo y se secó con toallas de papel. Se vistió, se recogió el pelo en una cola de caballo y se aplicó el protector solar que siempre llevaba en el bolso. Tendría que esperar para lavarse los dientes.

Estaba a punto de salir cuando volvió a mirarse en el espejo. Parpadeó nerviosa al contemplar la tristeza que había en sus ojos. ¿Era eso lo que Forde había visto? O incluso peor, ¿por eso se había quedado y le había hecho el amor? Había afirmado claramente que la única razón de su presencia allí era hablar del trabajo que quería encargarle para su madre. ¿Se había compadecido de ella?

La había dejado tranquila desde que lo amenazó con pedir una orden de alejamiento. ¿Estaría viendo a otras mujeres?

Sintió náuseas antes de salir del servicio. El camionero se había ido, pero un grupo de motoristas ocupaba tres mesas. Vestidos de cuero y con tatuajes en toda la piel, resultaban un poco intimidantes.

Melanie desayunó a toda prisa y se levantó para marcharse. Al llegar a la puerta, alguien le tocó el hombro. Se dio la vuelta con brusquedad y se encontró con un enorme motorista barbudo.

–Te dejas el bolso, guapa –le dijo entregándoselo–. ¿Te encuentras bien?

–Sí, sí, gra-gracias –tartamudeó ella sintiéndose ridícula.

–¿Seguro?

Los ojos azules del hombre eran amables. Ella consiguió sonreír.

–Estoy bien, y gracias por haberte dado cuenta de que me había dejado el bolso –dijo mientras reconocía que las apariencias engañan.

Él sonrió.

–Estoy acostumbrado. A mi novia le pasa lo mismo. Se dejaría la cabeza si no la tuviera unida al cuerpo.

De nuevo en la carretera, Melanie pensó que la respuesta sincera a la pregunta de si se encontraba bien tendría que haber sido negativa. Dudaba mucho que volviera a estar bien, aunque a nadie podía culpar salvo a sí misma. Tenía que haberlo pensado mejor antes de casarse con Forde y tratar de ser como todo el mundo. No era como los demás.

Durante toda la vida, las personas a las que había querido le habían sido arrebatadas. En primer lugar, sus padres; después, su abuela; e incluso su mejor amiga en la escuela, su única amiga, pensándolo mejor, ya que no había sido una niña muy sociable; su amiga se había ahogado en el extranjero cuando estaba de vacaciones con sus padres. Aún recordaba el shock emocional que experimentó cuando el director de la escuela anunció en una reunión con los alumnos la muerte de Pam, y la sensación de que la tragedia había sucedido por ser ella su amiga.

Si no se hubiera casado con Forde y no hubiera deseado un hijo suyo, Matthew no hubiera muerto. Había tentado a la suerte pensando que podría escapar a lo inevitable y, por eso, había destrozado el corazón de Forde además del suyo.

Nunca olvidaría su expresión al sostener el cuerpecito en las manos. Fue entonces cuando supo que tenía que dejarlo marchar para que fuera libre de encontrar la felicidad en otro sitio.

La noche anterior, él había dicho que ella hubiera dado la vida por Matthew de haber podido, y tenía razón, pero no había sido capaz de hacerlo. Sin embargo, podía proteger a Forde de volver a sufrir alejándose de él.

Cuando se hubieran divorciado ella se marcharía, tal vez al extranjero y, con el tiempo, él conocería a otra persona. Las mujeres hacían lo imposible por atraer su atención, y era un hombre apasionado. Por mucho que a ella le costara, era lo que debía hacer. Y no podían volver a suceder incidentes como el de la noche anterior.

Había tomado una decisión irrevocable y se sintió algo mejor.

Forde se despertó con el presentimiento de que había pasado algo. Durante unos segundos no supo dónde estaba. Lo recordó y se percató de que no había nadie a su lado en la cama. La casa estaba tranquila, no se oían ruidos en el baño ni en el piso inferior.

Miró el reloj. Eran más de las nueve. Lanzó una maldición en voz baja por no haberse despertado antes que Melanie. Aquello era precisamente lo que había querido evitar, aunque tal vez ella estuviera desayunando en el jardín.

Totalmente desnudo, bajó los escalones de dos en dos, pero antes de abrir la puerta trasera y mirar en el jardín supo que ella no estaría allí. Se sentía su ausencia en la casa.

Maldijo de nuevo mientras desandaba el camino para volver al dormitorio, donde vio la nota sobre su ropa. Se sentó en el borde de la cama y la leyó.

Se le contrajeron los músculos del estómago como si una mano helada le apretara las entrañas. Así que nada había cambiado. Después de lo que habían vivido juntos la noche anterior, después del fuego y la pasión, ella seguía empeñada en divorciarse.

Hizo una bola con el papel y la lanzó al otro lado de la habitación. Se vistió y bajó. Cerró con llave la puerta trasera y salió por la principal. El Aston Martin lo esperaba en el aparcamiento. Se montó, dejó la puerta abierta y apoyó las manos en el volante.

Esa mañana había sido una repetición de las muchas en que se despertaba después de tener sueños eróticos y buscaba a Melanie en la cama hasta que la cruda realidad lo golpeaba. Pero en algo había sido diferente, ya que la noche anterior había sido real. Ella había estado en sus brazos y su cuerpo se le había abierto y lo había acogido a la perfección mientras él los conducía a ambos a un clímax de insoportable placer. Pero no solo era su cuerpo lo que ardía por ella. La quería a ella, a su Nell.

Quería que compartiera todos los aspectos de su vida: despertarse juntos los fines de semana y leer los periódicos en la cama mientras desayunaban; ver la televisión bebiendo una copa de vino tras una dura jornada laboral; ir al cine o al teatro; o pasear tomados del brazo.

Al principio hacían todo eso y hablaban de todo, o eso creía él. Pero se daba cuenta de que ella le había ocultado buena parte de sus sentimientos.

Puso en marcha el motor con el ceño fruncido.

Aunque sabía que le habían hecho daño antes de conocerla, había subestimado hasta qué punto. O tal vez hubiera creído que sería capaz de enfrentarse a cualquier dificultad futura.

Salió del aparcamiento, sumido en sus pensamientos. Una cosa era segura: ella no hubiera reaccionado como lo había hecho si no sintiera nada por él. Y cuando le había preguntado si lo quería, no le había dicho que no; aunque tampoco que sí...

La telefonearía aquella noche como ella le había dicho. Lo que realmente quería era volver a la casa, aporrear la puerta hasta que lo dejara entrar y convencerla de lo mucho que la amaba. Pero algo le decía que así no conseguiría nada. Llevaba meses esperando. Podía hacerlo un poco más, pero con sus propias condiciones.

Ella no se iba a echar atrás. Trabajaría en el jardín de su madre, por la que sentía un gran afecto. Esa había sido la razón de que se lo hubiera pedido.

Bueno, no la única. Era cierto que su madre no andaba bien del corazón desde la operación de cadera, pero no se había mostrado tan testaruda sobre el jardín como había hecho creer a Melanie. Pero era cierto que este necesitaba renovarse y que su madre, mientras miraba el retrato de boda de Melanie y él, había dicho que no consentiría que un desconocido hiciera el trabajo. Sabía que su madre lo apoyaba totalmente: quería a Melanie como a una hija y la recordaba con pesar todos los días.

Volvería a casa, se ducharía, se cambiaría e iría al despacho. Llamaría a Melanie esa noche. No se engañaba pensando que recuperarla sería un camino fácil, pero debería recorrerlo hasta que... Negó con la cabeza. No había un «hasta». Tendría que recorrerlo. Y punto.

Capítulo 4

NO HABÍA sido un día particularmente agotador, comparado con otros, pero cuando Melanie regresó a casa estaba exhausta. A pesar de haberlo intentado, no había podido pensar en otra cosa que no fuera Forde. James no había cesado de preguntarle si se encontraba bien.

Mientras se quitaba las botas y subía al piso de arriba, se preguntó qué habría hecho su eficiente ayudante si le hubiera contado que estaba al borde de un colapso nervioso. Reírse, probablemente, porque no la hubiera tomado en serio. James pensaba que era el arquetipo de mujer fría, contenida y moderna. Todos lo hacían. Solo Forde había comprendido quién era en realidad.

Se recriminó por pensarlo. Si quería retomar las riendas de su vida, que había estado a punto de perder la noche anterior, tenía que controlar sus pensamientos.

Después de abrir el grifo de la bañera, fue a su habitación y tuvo que hacer un esfuerzo para mirar la cama. Estaba deshecha y vacía. Quitó las sábanas para lavarlas y abrió las ventanas. Le pareció que aún persistía el olor de Forde, la embriagadora fragancia de su piel.

Mientras se quitaba los vaqueros se fijó en la bola de papel que había en un rincón. Era su nota.

Cerró los ojos, pero las lágrimas se le escaparon por los párpados cerrados. ¿Cómo se habría sentido al leerla? No debía pensarlo.

Recogió el papel y se sintió invadida por la vergüenza y la culpabilidad.

Siguió llorando mientras se bañaba, pero después de secarse, se lavó la cara con agua fría y trató de calmarse. No lloraría más.

Se puso un cómodo pijama de algodón y se recogió el pelo húmedo en un moño antes de bajar a la cocina para prepararse algo de comer. Pero le resultó difícil tragar los alimentos, ya que estaba sobre ascuas esperando la llamada de Forde.

Esta se produjo a las ocho en punto.

–Hola –dijo él con voz fría y segura. Ella esperaba que le preguntara cómo estaba o que mencionara su vergonzosa huida, pero no lo hizo–. Hay que concretar los detalles del trabajo. Dijiste que impondrías condiciones.

–Sí, pero antes de empezar, ¿estás seguro de que Isabelle quiere que trabaje para ella después de... todo lo que ha pasado?

–¿Te refieres a después de dejarme y pedir el divorcio? Totalmente seguro. Mi madre es de la opinión de que lo que ocurre en una pareja en asunto de ella. Ya la conoces. A ver, las condiciones.

Melanie pensó que la había puesto en su sitio.

–En primer lugar, a pesar de lo que dices, quiero ir a verla para comprobar que quiere que haga el trabajo. Si es así, lo aceptaré, pero todo se lo consultaré a tu madre. No quiero que intervengas.

–¿Crees que mi madre va a consentir que lo haga? –preguntó él en tono seco.

–Lo que quiero decir es...

–Lo que quieres decir es que no quieres verme por allí.

Eso era exactamente.

–No voy a impedir que vayas a ver a tu madre, pero creo que sería mejor que lo hicieras cuando yo no esté.

–Anotado.

Aquello iba a ser peor de lo que ella se había imaginado.

–Claro que si su salud empeora...

–Me permitirás el paso.

–Mira, Forde...

–¿Cuál es la siguiente condición?

Melanie inspiró profundamente.

–James y yo tenemos trabajo ahora mismo y no puede esperar, pero no tardaremos mucho en acabar. A mediados de septiembre debíamos comenzar un proyecto importante, pero al matrimonio que nos lo ha encargado no le importa esperar porque... –se le quebró la voz–. Porque la mujer espera un hijo para finales de octubre. Así que entonces tendremos tiempo para Isabelle, si ella quiere.

–Parece que el negocio va bien.

–Sí.

–Quiero dejar clara una cosa, y no deseo que hables de ello a mi madre. Quiero pagarle el trabajo, será mi regalo de Navidad. Pero como es orgullosa, no se lo diré hasta que hayas acabado. Por tanto, elige los mejores materiales y todo lo demás, pero hazle un precio bastante inferior. Cuando tengas el presupuesto, te doy mi palabra de que te pagaré cuando lo desees. ¿Entendido?

Ella tenía la intención de trabajar con un margen de beneficios mínimo, pero si Forde iba a pagarlo podría cobrárselo como a cualquier otra persona. Isabelle estaba muy orgullosa del éxito de su hijo, pero se negaba a aceptar un penique suyo porque tenía suficiente con la pensión de su marido y la suya propia de funcionaria, empleo que había ejercido hasta los cuarenta y tres años, cuando lo dejó al nacer Forde.

–Entendido. Me resultaría útil que me pagaras los materiales según avancen las obras.

–Muy bien. ¿Cuándo vas a hablar con ella?

–Mañana a última hora de la tarde.

–De acuerdo. Hablaré con ella esta noche y le diré que te he pedido que hagas el trabajo y que lo decidirás cuando hayas hecho una evaluación del mismo, y que hablarás con ella mañana. ¿Algo más?

Era injusto, pero su tono de hombre de negocios le daba ganas de gritar. La noche anterior habían hecho el amor de forma salvaje y ella había dormido en sus brazos, y en aquel momento él le hablaba como si lo estuviera haciendo con un colega sobre un contrato. Sin que su voz trasluciera emoción alguna, dijo:

–Creo que no, de momento.

–Entonces, buenas noches –dijo Forde, y colgó.

Melanie se quedó mirando al vacío.

–¡Qué cerdo! –exclamó.

Al menos ya no tenía ganas de llorar, sino de tirar algo.

Isabelle respondió al teléfono y fue tan amable y educada como siempre. A las dos del domingo siguiente, Melanie fue a su casa, una mansión victoriana situada a unos quince kilómetros de donde vivía Forde.

Estaba tan nerviosa que tembló al tocar el timbre. Abrió la puerta una enfermera, no Isabelle. La condujo al salón, donde ardía el fuego en la chimenea a pesar del buen tiempo.

–Hola, querida –Isabelle estaba sentada en un sofá cerca del fuego y levantó la cabeza para que Melanie la besara en la mejilla, como siempre había hecho. Después dio unas palmaditas en el sofá–. Siéntate aquí. No le he dicho a la enfermera quién eras. Es una cotilla que mete las narices donde no la llaman. Menos mal que se marcha a finales de la semana que viene. Estoy deseando volver a estar sola en mi casa.

–Hola, Isabelle –dijo Melanie con voz temblorosa. Esperaba que la madre de Forde estuviera pálida y con aspecto de enferma, pero tanto la anciana como la habitación estaban exactamente igual que antes. Era como si los últimos siete meses no hubieran transcurrido: las mismas estanterías repletas de libros, la misma alfombra de lana, las mismas pesadas cortinas...–. ¿Cómo estás? Forde me ha dicho que estuviste en el hospital.

Isabelle sonrió.

–Fui tan tonta que me rompí la cadera, y luego el corazón se me puso a hacer cosas raras, pero ¿qué vas a esperar a mi edad? Ya no soy ninguna niña. Y tú, ¿cómo estás?

–Muy bien, gracias –y, sin más preámbulos, añadió lo que llevaba días ensayando–. Isabelle, cuando te devolví la carta no fue porque no quisiera seguirte viendo, sino porque no podía...

Los ojos azules de la anciana, muy parecidos a los de Forde, le sonrieron.

–Ya lo sé. Querías hacer borrón y cuenta nueva para poder seguir adelante. Nos tenemos mucho afecto para que hubiera sido de otro modo.

Melanie quería llorar, apoyar la cabeza en el regazo de Isabelle y llorar sin parar como había hecho la primera vez que la había visto después de perder a Matthew. Ella había llorado también y le había dicho que, aunque nunca olvidara al niño, vendrían otros a aliviar su pena y el sentimiento de pérdida.

–Creo que quieres remodelar el jardín.

Isabelle aceptó con elegancia el cambio de tema.

–No es que quiera, es que lo necesito. Debo reconocer que últimamente es demasiado para mí.

–¿Y no quieres que un jardinero lo cuide?

–De vez en cuando, pero no todos los días. Ya sabes que llevo años trabajando en él varias horas al día. Todavía puedo hacer un poco, pero no lo necesario.

–Así que, si lo remodelamos, ¿no te importará que mi ayudante venga un par de días al mes? Te prometo que James te caerá bien.

–Estoy segura. Veamos, la enfermera va a traernos una taza de té y después podríamos ir a ver el jardín.

Melanie asintió. La verdad era que quería salir de aquella habitación. Había notado inmediatamente que la anciana conservaba el retrato de boda en su lugar habitual. El hombre alto y sonriente y su radiante esposa le parecieron otras personas, tan distante se sentía de la mujer de la fotografía.

Cuando Melanie se marchó, tres horas después, se había hecho una clara idea de lo que Isabelle quería y, sobre todo, de lo que no quería en el nuevo jardín. Habían acordado respetar todo lo que se pudiera y los árboles más antiguos. La prioridad sería que fuera fácil de mantener.

Isabelle escuchó las propuestas de Melanie y decidieron que esta le presentaría bocetos del jardín tal como estaba y de los cambios propuestos, para que la anciana pudiera repasar las diversas opciones y elegir las que más le gustaran. Cuando estuviera segura de lo que quería, Melanie elaboraría planos detallados e Isabelle podría cambiar de idea las veces que deseara. Esto se lo había dejado muy claro para que la anciana no se sintiera abrumada.

Se separaron con un beso y un abrazo.

A Melanie se le formó un nudo en la garganta mientras se alejaba en el coche. Se había sentido tan bien al volver a ver a Isabelle... Pero desechó tales sentimientos y se puso a pensar en los bocetos que tenía que hacer, al tiempo que se le ocurrían otras ideas.

Quería que el jardín de Isabelle continuara siendo

un santuario para la anciana, un lugar apartado del mundo. Se dijo que pondría muchos cómodos bancos de madera para que se sentara y descansara siempre que estuviera allí.

Los cambios implicarían mucho dinero, pero no había motivo alguno para que el jardín original, que siempre había estado en perfectas condiciones gracias al trabajo de su suegra, no se convirtiera en otro igual de hermoso, pero que exigiera mucha menos dedicación.

Al llegar a casa, Melanie puso la cafetera y comenzó a trabajar en la mesa del comedor. En plena tarea, sonó el teléfono. Tan enfrascada se hallaba que descolgó y contestó de forma automática.

–¿Diga?

–Hola, Melanie, soy Forde.

A Melanie comenzó a latirle el corazón a toda velocidad. Consiguió responder en un tono bastante normal.

–Hola, Forde. Estaba trabajando.

–No quiero entretenerte. Solo llamaba para agradecerte la visita a mi madre. Me ha llamado hace un rato y ha pasado del recelo ante los cambios en su amado jardín al entusiasmo por los cambios sobre los que habéis hablado. Te lo agradezco, Nell.

Como siempre, al oírle decir su diminutivo sintió una oleada de deseo. El poder que él tenía sobre ella era absoluto. Nada había cambiado. Le bastaba con oír su voz para que lo deseara con tanta intensidad que se ponía a temblar.

–¿Sigues ahí, Nell?

–Sí –respondió ella con rapidez–. Y no tienes

que agradecérmelo. Supongo que te darás cuenta de que va a ser muy caro si lo hacemos como es debido.

–Desde luego. ¿Sería una grosería recordarte que soy rico y que el dinero no me supone problema alguno? Quiero que mi madre quede satisfecha.

–Así será –Melanie se percató de que no quería que la conversación acabara, sino seguir hablando con él. Pensó que no debería haber aceptado el trabajo porque se sentía vulnerable ante él. Había sido una locura y un modo de buscarse problemas–. Le encantará, Forde. Te lo prometo.

–No tengo la menor duda –respondió él con suavidad–. Confío en ti, Nell. Siempre lo he hecho.

El pánico dio fuerzas a Melanie para decirle:

–Tengo que colgar. Hablaré contigo cuando tu madre haya decidido lo que quiere y tenga el presupuesto preparado. Adiós, Forde.

–Buenas noches, cariño. Que duermas bien.

Y colgó antes de que ella, atónita, tuviera tiempo de responderle. «¿Cariño?». ¡Y además le deseaba que durmiera bien! ¿Qué había sido de sus condiciones? Frenética, volvió a la cocina a por más café, que necesitaba para calmarse. Era cierto que no había especificado «nada de expresiones tiernas», pero era algo implícito.

Cuando intentó ponerse a trabajar de nuevo había perdido la concentración. Acabó por tomarse una aspirina para el dolor de cabeza que sentía desde hacía una hora y se acostó. Se pasó media noche dando vueltas y la otra media soñando con Forde.

No obstante, cuando se despertó el lunes, había

recobrado su férrea determinación. Al sentarse a desayunar decidió que seguiría con el proceso de divorcio por encima de todo. Nada se lo impediría. Nada. Era la única forma en que podría recuperar un poco de paz.

Capítulo 5

A DIFERENCIA de lo que Melanie había esperado tras hablar con Forde el día en que fue a ver a su madre, este no volvió a ponerse en contacto con ella en las cuatro semanas siguientes. Ella fue a ver a Isabelle dos veces para especificar los detalles. Ambas quedaron satisfechas.

En su segunda visita, James la acompañó. Melanie lo había puesto al corriente de las circunstancias, pero, como era propio de él, se lo tomó con calma, como si fuera lo más natural del mundo que una mujer en proceso de divorcio fuera contratada por su suegra para un trabajo de envergadura.

Melanie notó que Isabelle se quedaba un poco sorprendida al conocer a James. Para evitar que su suegra creyera lo que no era, se la llevó aparte mientras James tomaba medidas y le aclaró que la relación entre su ayudante y ella era estrictamente laboral.

–Por supuesto –dijo Isabelle con voz dulce, como si no se le hubiera ocurrido otra cosa. Pero Melanie notó que su sonrisa era más cálida cuando volvió a hablar con James. Este, por su parte, se comportó como siempre y, al acabar la tarde, se había ganado a la anciana por completo, lo cual era un buen presagio.

La noche antes de empezar a trabajar en el jardín de Isabelle, Melanie no durmió bien. El verano se prolongaba y, a pesar de estar en septiembre, hacía demasiado calor. El suelo estaba reseco, lo cual, aunque era preferible a trabajar con lluvia y barro, no era lo ideal. Pero no era el comienzo inminente lo que impedía a Melanie dormir e hizo que a las cuatro de la mañana bajara a preparar café y a tomárselo en el porche, sino Forde.

Desde la noche en que habían dormido juntos no había dejado de pensar en él ni un solo minuto. Y seguía sin tener noticias suyas. Ni una palabra. Ni una llamada telefónica. Nada.

Había presentado a Isabelle, porque esta se lo había pedido, un presupuesto muy económico y había enviado otro más realista al despacho de Forde pensando que eso acentuaría la naturaleza comercial del asunto. Su secretaria había llamado al día siguiente para decirle que el señor Masterson estaba de acuerdo con el precio y que le devolvería el presupuesto firmado por correo.

Era evidente que Forde había decidido seguir con su vida. La ridícula situación en la que ella casi le había suplicado que le hiciera el amor para huir a la mañana siguiente había sido excesiva. No le culpaba por ello. Pero si consideraba que había hecho lo que debía, ¿por qué se sentía como si le hubieran arrancado el corazón?

Lanzó un profundo suspiro. Tenía que controlarse. El sueño del final feliz se había hecho añicos meses atrás. Entonces, ¿por qué seguía removiendo el pasado? Forde no había entendido que ella no se parecía a nadie y que no era culpa de él haberse casado con una mujer gafe. Pero no volvería a intimar con nadie: así no la harían sufrir ni ella haría sufrir a otra persona.

Terminó de tomarse el café. Se dijo que las cosas tenían que mejorar y que no podía pasarse el resto de la vida sintiéndose así. La pena y los remordimientos por Matthew la acompañarían toda la vida. Era algo que había aceptado. Si no había podido hacer nada por el pequeño, al menos lo lloraría y no lo olvidaría mientras viviera. Pero el sentimiento de pérdida por Forde era distinto y más complicado.

«Deja de analizar las cosas», se dijo. Cerró los ojos mientras los primeros rayos de sol le iluminaban la cara. Se sentía agotada física, mental y emocionalmente, pero tenía que continuar. Había gente en peores situaciones que la suya, con una enfermedad terminal o con graves problemas de salud. Al menos, ella era joven y fuerte.

Se levantó y entró. Subió a ducharse y a cambiarse, y a las siete ya estaba en el coche. Después de recoger a James, se dirigieron a casa de Isabelle, adonde llegaron a las ocho pasadas.

Lo primero que vio Melanie fue el coche de Forde aparcado en la entrada. Se le hizo un nudo en el estómago. James bajó del vehículo, se estiró y comenzó a descargar el equipo. Cuando ella fue a ayudarlo ya había recuperado el control de sí misma, y estaba furiosa.

Forde le había prometido mantenerse a distancia, y estaba segura de que sabía que empezaría a trabajar ese día. Era injusto.

Oyó que se abría la puerta principal y un sexto sentido le indicó que Forde estaba allí, pero no lo miró y siguió ayudando a James hasta que acabaron. Para entonces, Forde se les había acercado.

–Buenos días –dijo.

Al mirarlo, Melanie observó que sus ojos eran fríos y no sonreía. Su furia aumentó. ¿Cómo la miraba así cuando ni siquiera debiera estar allí?

–Buenos días, Forde. ¿Te has olvidado de que hoy empiezo a trabajar?

–No, no me he olvidado –respondió él mientras le tendía la mano a James–. Forde Masterson, el marido de Melanie. Supongo que eres James.

Este le estrechó la mano con precaución y a ella no le extrañó, ya que Forde no trataba de parecer simpático.

James masculló un saludo y dijo que iba a llevar el equipo a la parte trasera de la casa.

–Me habías dicho que tu ayudante era un chaval que acababa de terminar los estudios –dijo él en tono acusador–. Y es todo un hombre de ¿qué edad? ¿Veinticuatro, veinticinco?

–¿Cómo? –¿por qué le hablaba de James cuando sabía perfectamente que no debiera estar allí?

–Y parece que ya conoce el camino –añadió Forde.

–James estuvo recorriendo el mundo con la mochila al hombro durante tres o cuatro años después de acabar la universidad, y nunca te he dicho que fuera un chaval –lo fulminó con la mirada–. Además, no es asunto tuyo. ¿Y por qué estás aquí?

–Entonces tengo razón en lo de su edad.

¿A qué venía aquella obsesión con la edad de su ayudante?

–Tiene veintiséis. Y vuelvo a preguntarte que por qué estás aquí.

–Porque mi madre me ha llamado creyendo que había un pájaro en la chimenea. Y antes de que me lo preguntes, no lo había.

A Isabelle le horrorizaba la posibilidad de encender la chimenea y quemar vivo a un pájaro, aunque Forde le había dicho mil veces que era imposible debido a la malla de acero que habían colocado al final de la chimenea.

–Ah –Melanie se sintió culpable de sus sospechas y un poco enfadada, aunque no lo reconociera, porque la presencia de él no se debiera al deseo de verla.

–Y James, ¿está casado? ¿Tiene novia?

Melanie se dio cuenta de que estaba celoso y lo miró asombrada. No pensaría que...

No sabía si tomarse como un cumplido o como un insulto el hecho de que pensara que un joven guapo y viril como James pudiera fijarse en una mujer casada, dos años mayor que él. Se inclinó por la segunda opción.

–La vida de James es asunto suyo. Solo trabaja para mí, Forde. ¿Entendido?

Forde no pareció muy convencido.

–Le gustan las morenas esculturales que juegan al tenis y hacen deporte y que se pasan la noche bailando en la discoteca para después salir a navegar tras haber desayunado –prosiguió ella con firmeza–.

Pero incluso si fuera mi tipo y yo el suyo, no sucedería nada. Soy su jefa y él es mi empleado. Y punto.

Vio que Forde suspiraba. No era el momento adecuado, pero sintió tanto amor por él que se le cortó el aliento. Bajó los ojos para impedir que él se los mirara. Él no se había afeitado antes de salir, lo cual multiplicaba su atractivo.

Forde le contestó en voz baja e intensa.

–Ahora debería decirte que lo siento y que no tengo derecho a hacerte preguntas. Pero no lo siento y tengo todo el derecho del mundo a preguntarte. Eres mi esposa.

Ella alzó la vista.

–Se ha acabado, Forde.

–Nunca se acabará –le espetó él–. No estamos unidos por un papel, Nell, ni por un sacerdote ni por los anillos. Eres mía en cuerpo y alma. Te quiero, y sé que tú me quieres.

La observó mientras hablaba, pero ella había activado todas sus defensas y no pudo distinguir nada en su expresión.

–Las cosas no pueden ser como antes –dijo ella resueltamente.

–No. Tuvimos un hijo y murió. Siempre formará parte de nosotros, pero tienes que dejar de castigarte por algo de lo que no tienes la culpa.

–¿Qué?

–Es lo que estás haciendo, lo reconozcas o no. Y también me estás castigando a mí –se sintió cruel al enfrentarse a ella de aquel modo. Pero tenía que hacerlo si no quería perderla.

–No entiendes nada.

Él se dijo que tenía que calmarse. ¿Cómo le decía eso cuando lo único que había hecho desde la muerte de Matthew había sido tratar de entenderla?

–¿Te has parado a pensar que no se trata solo de ti? –oyó que el maldito ayudante volvía silbando y tuvo ganas de darle un puñetazo en la nariz–. Yo también quería a Matthew.

–Pero no fuiste la causa de su muerte.

–Ni tú tampoco –no había querido gritar. Al salir de la casa se había dicho que se comportaría de forma pacífica y racional. Al menos, el silbido había cesado.

Ella se dio la vuelta apretando los labios.

–Tengo trabajo –miró a James, que se había quedado a una distancia prudencial–. James, ven a ayudarme con lo que queda.

Como sabía que, si no se marchaba rápidamente, diría o haría algo de lo que más tarde iba a arrepentirse, Forde volvió a la casa sin decir nada más. Su madre lo esperaba en el vestíbulo, con la puerta abierta.

–Te he oído gritar –le dijo ella en un tono levemente acusador.

Forde quería a su madre. Era resuelta y generosa, y conservaba el antiguo encanto y dignidad de su generación. Por eso se tragó los juramentos.

–Si no lo hubiese hecho, la hubiera estrangulado.

Isabelle lo miró con los ojos como platos. Abrió la boca para decir algo, pero se lo pensó mejor.

–Me voy –dijo él. La besó en la frente–. Te llamaré después.

Cuando salió, no vio a Melanie ni a James, aunque

oyó sus voces al otro lado de la valla de piedra que separaba la casa del jardín.

Decidió que no merecía la pena despedirse. Se montó en el Aston Martin y salió disparado.

Las cosas no habían salido como había pretendido. No esperaba que el ayudante de Melanie fuera una versión joven de George Clooney ni que Melanie se pusiera tan... No encontró la palabra que describiera su mezcla de fría superioridad y cautela.

Cuando llegó a su casa se puso a deambular por ella como un animal enjaulado, en vez de ducharse y cambiarse para ir al despacho. Por todas partes había cosas que le recordaban a Melanie. Y a él le encantaba su gusto; de hecho, le encantaba todo de ella, aunque había habido momentos después de que ella lo dejara en que el dolor le resultaba tan insoportable que deseó no haberla conocido.

Creyó que pasase lo que pasase, él podría cuidarla y protegerla y que harían frente juntos a los problemas. Pero se equivocó. Y le había costado su matrimonio.

Fue a la cocina y se sentó a la mesa. Y allí seguía, sumido en negros pensamientos, cuando llegó Janet, a las diez pasadas.

–¿Qué hace aquí a esta hora, señor Masterson? ¿Está enfermo?

Forde miró a la mujer que, además de cocinar y limpiar para él, era su amiga y confidente. Llevaba diez años a su servicio. Era una mujer muy maternal, y él la consideraba la hermana mayor que no había tenido. Y sabía que ella lo trataba como a un hijo y lo regañaba si la situación lo requería. A Janet podía contárselo todo, lo cual no sucedía con su madre. Y no porque no fuera a comprenderlo y a aconsejarle, sino porque, desde la muerte de su padre, había decidido ahorrarle problemas y preocupaciones.

–He visto a Melanie esta mañana. Y no hemos tenido una conversación amistosa.

–Vaya –Janet encendió la cafetera–. ¿Ha desayunado?

Él negó con la cabeza.

Después de hacerlo, se sintió un poco mejor. Janet le sirvió otra taza de café y se sirvió una para ella. Tras sentarse frente a él, le preguntó:

–¿Qué ha pasado?

Él se lo contó.

–¿Así que cree que la señora Masterson tiene una aventura con su ayudante?

Forde se enderezó en la silla como si hubiera recibido una descarga eléctrica.

–¡Claro que no!

–Pero, de todos modos, va a renunciar a luchar por ella.

–¡Claro que no! –repitió él, enojado–. Sabes que no lo haría.

–Entonces, ¿por qué está aquí sentado, tan alicaído? –Janet lo miró con severidad.

Él captó el mensaje y sonrió dócilmente.

–Vale.

–Cuando ella se fue le dije que tendría que ser paciente y persistente. El estado en que ella se encontraba antes de que llegara la ambulancia día no se correspondía con la desesperación normal en esas circunstancias. La señora Masterson cree de verdad que trae mala suerte a sus seres queridos.

Janet se lo había dicho antes, pero él no le había hecho mucho caso.

—Pero eso es una tontería.

—Para usted y para mí, sí. Pero para la señora Masterson...

—¡Por Dios! Es una mujer inteligente y cultivada. No creo que...

—Es una joven esposa que ha perdido a su primer hijo en un accidente del que se siente responsable. Añada eso a lo que acabo de decirle, además de al hecho de haber perdido a sus padres, a su abuela y a su mejor amiga. Tuvo una infancia desgraciada y se acostumbró a guardarse sus sentimientos. No habla de ellos de forma espontánea, ni siquiera con usted. Y perdone, pero usted es un hombre y, por su sexo, se basa en la lógica y el sentido común.

Forde se miró el anillo de casado.

—A ver si lo he entendido. ¿Lo que quieres decir es que cree que si se queda conmigo me ocurrirá algo malo?

—La señora Masterson probablemente no sepa expresarlo en palabras, pero creo que es así. Y también se está autocastigando porque no concibe ser feliz después de lo que ha hecho. Es totalmente comprensible.

Forde la miró fijamente.

—Es horrible.

—En efecto. Así que debe salvarla de sí misma.

—¿Cómo?

Janet se levantó y comenzó a recoger la mesa.

–No lo sé, pero hallará la manera, ya que la quiere.

–Creía que tenías respuestas para todo.

–Ella le quiere mucho, eso es lo que debe recordar. Es su talón de Aquiles.

–¿De veras crees que me sigue queriendo?

Janet le sonrió. A pesar de lo grande y duro que era, en el fondo, el señor Masterson era vulnerable, y eso le gustaba de él. Otros hombres con su riqueza y dones se creerían dioses ante las mujeres. Pero él no. Ella sabía que era despiadado cuando hacía falta; si no, no hubiera llegado a donde estaba.

–Por supuesto que lo quiere, como usted a ella. Y el amor siempre halla su camino. Recuérdelo cuando se sienta como esta mañana. ¿De acuerdo?

Forde se levantó y la miró con afecto.

–Eres un sol, Janet. ¿Qué haría yo sin ti?

–Eso es lo que dice mi marido cuando vuelve del bar con una copa de más –contestó ella con sequedad–. Normalmente después de haberme quitado dinero del monedero.

–Eres demasiado buena para él, y lo sabes.

Janet le sonrió y Forde salió de la cocina.

Ella se dijo que, pasara lo que pasara, los señores Masterson formaban una pareja perfecta. Siempre lo había creído. Esperaba que pudieran solucionar sus problemas. A pesar de las palabras de aliento que le había dirigido al señor Masterson, le preocupaba que la señora no volviera a casa. Tendría que producirse casi un milagro.

Capítulo 6

ESTABAN a mediados de noviembre, de un noviembre benigno sin grandes heladas ni temperaturas gélidas que dificultaran trabajar en el exterior. Pero Melanie no pensaba en el tiempo mientras salía de la consulta del médico.

Se montó en la camioneta, pero no arrancó.

Llevaba sin ver a Forde desde el día que comenzó a trabajar para Isabelle, aunque él la había llamado varias veces para preguntarle por el jardín de su madre. Y ella le había telefoneado a su casa dos noches antes al saber, por su abogado, que Forde no le había devuelto firmados ciertos documentos relacionados con el divorcio.

Se recostó en el asiento y cerró los ojos. Forde se había disculpado por el retraso y lo había atribuido a su exceso de trabajo. Pero lo que a ella le irritó sobremanera fue la voz de una mujer que se oía al fondo. No le preguntó con quién estaba, no tenía derecho a hacerlo después de haberlo abandonado, pero pensar que hubiera otra mujer en su casa le había dolido mucho.

«Eres una estúpida», se dijo. Abrió los ojos e inspiró profundamente. Forde era libre de ver a quien quisiera. De todos modos, esa noche no pudo dormir. A la mañana siguiente se sentía mal y se desmayó mientras trabajaban. James se llevó un susto de muerte.

Pobre James. Si no se hallara tan sorprendida y perpleja por lo que el médico le había dicho, hubiera sonreído. James estaba muy preocupado. Le había dicho que llevaba semanas encontrándose mal y que qué pasaría si se volvía a desmayar mientras conducía o utilizaba alguna pieza del equipo con el que trabajaban. Al final, para tranquilizarlo, le prometió que iría al médico.

Había entrado en la consulta del doctor Chisholm diciéndole que tenía estrés, que todos los síntomas se debían a eso y que se pondría bien si le recetaba unas pastillas. Él le recordó que el médico era él y que prefería examinarla a fondo.

Con manos temblorosas, Melanie encendió el motor. Debía volver al trabajo y aprovechar que el tiempo seguía siendo bueno.

Pero temblaba tanto que no podía conducir. Se acurrucó en el asiento mientras la realidad se abría paso en su mente aturdida.

Esperaba un hijo. Un hijo de Forde.

Aquella noche de agosto había tenido repercusiones inimaginables. Era ridículo que no hubiera sospechado algo al no bajarle la regla, al sentirse cansada y mareada y tener náuseas, y que lo hubiera atribuido al estrés. Tal vez se hubiera cerrado en banda a la posibilidad de estar embarazada, peo no había error posible.

Estaba embarazada de trece semanas.

Durante el embarazo de Matthew se había desmayado un par de veces. Matthew...

Se echó a llorar.

–Lo siento, hijo mío –murmuró–. No era mi intención que sucediera aquello. Te quiero. Siempre te querré. Lo sabes, ¿verdad?

No sabía el tiempo que llevaba allí. Se recuperó cuando la puerta del conductor se abrió bruscamente y Forde se agachó a su lado.

–¿Qué te pasa, Nell? ¿Qué tienes?

Era la única y la última persona a la que ella quisiera ver. Trató desesperadamente de controlarse y balbuceó:

–¿Qué... qué haces aquí?

Él había cerrado la puerta y se había sentado en el asiento del copiloto. La tomó en sus brazos.

–Mi madre se dio cuenta de que no estabas con James y le preguntó dónde estabas. Él le dijo que habías ido al médico y que lo tenías preocupado. ¡Maldita sea, Nell, soy tu esposo! Soy yo quien debe preocuparse por ti. ¿Qué te pasa?

Ella no había tenido tiempo de pensar en lo que le iba a decir. Pero tenía que contárselo. Tenía derecho a saberlo Era el padre.

¡Por Dios! Aquello no podía estar sucediendo. Sin embargo, a pesar de la confusión en que se hallaba y de creer que le había fallado a Matthew, su instinto maternal había surgido con una fiereza que la abrumaba.

Pensó en todo el trabajo pesado que había realizado en las semanas anteriores y dio gracias por no haber perdido al bebé. Pero estaba asustada, aterrorizada de que algo pudiera pasarle por su causa.

Forde seguía abrazándola.

–Sea lo que sea lo que te pase, lo superaremos, ¿de acuerdo?

Sus palabras fueron como una inyección de adrenalina para ella. Se separó de él, se secó las lágrimas con el dorso de la mano y afirmó con valentía:

–Estoy embarazada.

Forde la oyó pero, durante unos segundos, no asimiló sus palabras. Desde que su madre le había dicho que Melanie estaba en el médico y que llevaba semanas enferma, se había imaginado que tenía una de varias enfermedades terminales posibles.

La última vez que la había visto estaba muy delgada y tenía un aspecto de excesiva fragilidad. Se condenó por no haber hecho nada.

Había conducido como un loco a la consulta, cuya dirección James había dado a su madre. Temía que ella ya se hubiera marchado cuando aparcó. Y al ver la camioneta había experimentado un gran alivio, antes de darse cuenta de que Melanie estaba inclinada hacia el volante con la cara entre las manos. Entonces sintió pánico, un pánico como nunca antes había conocido.

Con una expresión tan atónita como la de ella cuando el médico le había dado la noticia, le preguntó:

–¿Qué has dicho?

–Espero un hijo. La noche en que viniste a casa en agosto... Fue entonces cuando ocurrió. Estoy embarazada de trece semanas.

–Pero estás tomando la píldora –era una de las cosas sobre la que se habían peleado en los meses posteriores al aborto. Ella había insistido en tomarla para evitar otro embarazo. El había tenido paciencia al principio, ya que entendía que su cuerpo y su mente necesitaban tiempo para recuperarse. Pero un día, después de una pelea especialmente dolorosa, ella le había dicho que no quería más hijos. Y esa noche, cuando él volvió, se había ido.

–Después de marcharme, ya no necesitaba seguir tomándola.

Forde comenzó a entender lo que había sucedido. ¡Estaba embarazada!

Se le iluminó la cara. Pero Melanie trató de apartarse aún más de él y apoyó la espalda en la puerta.

–No –murmuró con voz temerosa–. ¿No te das cuenta de que esto no cambia nada entre nosotros?

–¿Estás loca? Claro que lo cambia –y al darse cuenta de lo que había dicho, añadió–: ¿No estarás pensando en deshacerte de él?

Muy dolida por que pudiera pensar algo así, sintió que la ira sustituía al pánico.

–Claro que no –le contestó con desdén–. ¿Cómo se te ha ocurrido?

–A ver si lo he entendido. Quieres al bebé, pero no me quieres a mí. ¿Es eso lo que intentas decirme?

Melanie, muy pálida, negó con la cabeza.

–No es eso lo que quiero decir.

–Entonces, ¿qué demonios es? Mira, vamos a tomar un café y lo hablamos.

–No.

Su negativa fue inmediata y volvió a aparecer el miedo. A Forde le estaba costando trabajo controlarse. Hacía que se sintiera como un monstruo. Era su esposa y se trataba de su hijo. ¿Y ni siquiera quería hablar con él?

Ella lanzó un suspiro.

–Lo siento, Forde, de verdad. Necesito tiempo para adaptarme a mi nueva situación. Y tengo que volver al trabajo.

–De ninguna manera. Estás embarazada de trece semanas. Piensa en el bebé.

–En todo el mundo, las mujeres trabajan cuando están embarazadas –apuntó ella con una calma que estaba lejos de sentir–. Se lo contaré a James y le diré que no puedo levantar peso. Pero tengo que trabajar. Quiero hacerlo.

–No estás bien –insistió él obstinadamente.

–Ahora sé por qué me sentía mal. No me saltaré ninguna comida, pero la vida sigue. Te llamaré esta noche, te lo prometo.

–No me basta. Quiero que nos sentemos a hablar de esto tranquilamente. Es mi hijo, Nell. Te invito a cenar esta noche. Estate preparada a las ocho.

Ella no quería salir a cenar con él. En primer lugar, porque las náuseas matinales se habían convertido en vespertinas; en segundo, porque le resultaba dolorosa su presencia, ya que le recordaba lo que había perdido.

–No creo que...

No pudo seguir hablando porque Forde la besó.

La pilló por sorpresa y, cuando pudo darse cuenta, estaba temblando por la dulzura de sus labios. Él se había inclinado sobre ella sosteniéndose con una mano, puso la otra en su seno e, inmediatamente, le introdujo la lengua y la obligó a abrir la boca.

A pesar de sí misma, no opuso resistencia mientras él le exploraba la boca con lentitud y voluptuo-

sidad. Siempre había bastado con que la tocara para
que se derritiera de deseo. La atracción que sentía por
él la consumía; por eso había intentado distanciar-
se después de la pérdida de Matthew. Pero él había
vuelto a su vida, con desastrosas consecuencias.

No, no podía pensar que su hijo fuera un desastre.

Con la guardia baja y sin defensas, Melanie le
devolvió el beso, al igual que en aquella fatídica noche de agosto. La boca masculina era como una droga
de la que no podía prescindir.

Al oír que se acercaba un coche, Forde separó su
boca de la de Melanie y se sentó.

Melanie pensó, avergonzada, que ella no hubiera
mostrado semejante contención, Y ese era el problema.

Forde había sido el punto flaco de la armadura
que llevaba frente al mundo. Él había logrado que
creyera que vivirían felices, que su amor la prote-
gería de todo. Pero no había podido evitar que per-
diera a Matthew.

Forde tenía que haberse casado con una mujer
más joven y sin traumas, que no se pareciera en nada
a ella. Fortalecida por esos pensamientos, repitió:

–Tengo que volver al trabajo.

Él no protestó de nuevo.

–De acuerdo, pero explícale la nueva situación a
James. Recuerda que tengo una espía que me infor-
mará si no te portas bien.

Lo había dicho en broma, pero sus palabras fueron como un jarro de agua fría para Melanie.

Isabelle... Aquel niño era su nieto. El pánico volvió a apoderarse de ella con mayor intensidad y se

sintió como un pez atrapado en una red, sin escapatoria posible.

–Esta noche a las ocho, ¿de acuerdo?

Forde la estaba mirando y era evidente que no iba a aceptar una negativa por respuesta.

Ella asintió y él le dio un rápido beso.

–Deja de dar la impresión de que una cena con el padre de tu hijo es peor que la muerte –murmuró él en tono sarcástico–. Mi ego ya ha recibido suficientes golpes este mes.

Más tarde, Melanie se preguntó qué la había impulsado a darle aquella respuesta. Tal vez hubiera sido el recuerdo de la voz femenina de fondo cuando habían hablado por teléfono; o quizá el que él hubiera supuesto que el embarazo solucionaría todos sus problemas; o que no entendiera el tormento que padecía desde la muerte de Matthew porque era la responsable de lo sucedido.

–Seguro que habrá muchas manos dispuestas a masajearte el ego –dijo en tono despreocupado.

Vio que la mirada de él se endurecía y lamentó sus irreflexivas palabras.

–Explícate.

Ella se encogió de hombros.

–No hay nada que explicar. He dicho que estoy segura de que habrá una cola de mujeres que estarían encantadas de hacerte compañía.

–¿Y en qué te basas?

–Sé perfectamente que no tengo derecho a criticarte por ver a otras mujeres. Eres libre de hacer lo que gustes.

–¿Ah, sí? Y esto –levantó la mano izquierda, en

la que llevaba el anillo de casado– ¿no significa nada? Pues resulta que para mí significa mucho.

Su hipocresía no tenía límites.

–Sé que había alguien contigo la otra noche cuando te llamé para hablarte de los papeles del divorcio.

–¿Cómo? –él frunció el ceño–. Sí, tienes razón. De hecho, había varias personas a las que había invitado a cenar para celebrar el cumpleaños de mi madre, amigas suyas. No sé lo que oirías, Melanie, pero te aseguro que no había nadie menor de ochenta años.

¡Fantástico! No solo había olvidado el cumpleaños de Isabelle, sino que se había mostrado celosa. Reunió la poca dignidad que le quedaba y miró a Forde mientras alzaba la barbilla.

–Entiendo, pero no tienes que darme explicaciones. Lo único que digo es que eres libre de hacer lo que te plazca.

–No, Nell.

Ella insistió obstinadamente.

–No tengo derecho a...

–Tienes todo el derecho a exigirme la misma fidelidad y sinceridad que yo te exijo. Y, para que lo sepas, cuando hice los votos matrimoniales los hice en serio. Y siguen vigentes. ¿Entendido?

Forde se puso contento al ver que estaba celosa, pero sabía que no había que insistir en ese punto.

–Te recogeré a las ocho.

–James no hubiera debido decirle nada a tu madre. Estoy muy descontenta con él.

–Pues regáñale todo lo que quieras –Forde abrió la

puerta de la camioneta para bajarse, pero se detuvo y se volvió de nuevo hacia ella–. Ibas a decirme lo del bebé, ¿verdad?

Ella le contestó con total sinceridad.

–Habrías sido el primero en saberlo aunque no te hubieras presentado aquí. Pero tal vez hubiera tardado un día o dos en contártelo, hasta haberme hecho a la idea.

–¿Tan malo es que estés embarazada de mí?

Era lo mejor y lo peor del mundo.

–Tengo que irme –respondió ella.

Él asintió.

–Conduce con cuidado –y añadió, como si se le hubiera ocurrido de pronto–: ¿Qué vas a decirle a mi madre?

–La verdad –pero iba a ser tan doloroso como aquellos últimos minutos con Forde. Isabelle no entendería por qué, dadas las nuevas circunstancias, no volvían a empezar de nuevo.

Era todo muy complicado. E iba a serlo mucho más los días siguientes, cuando Forde se diera cuenta de que no iba a volver con él.

–Adiós, Forde. Y gracias por venir.

Él sonrió.

–No tienes que agradecérmelo. Recuerda que soy tu marido.

Se quedó mirándola mientras se alejaba, con las manos en los bolsillos, levemente encorvado. Estaba muy sexy, y ella estaba embarazada de aquel hombre maravilloso que, además, era su marido. Debiera sentirse la mujer más feliz del mundo.

Capítulo 7

ISABELLE debía de haber estado mirando por la ventana, porque, en cuanto Melanie aparcó, abrió la puerta principal.

–Melanie, cariño. ¿Tienes un minuto antes de ir al jardín?

Ella se dijo que era mejor acabar cuanto antes y entró en la casa.

–He hecho café e iba a llevarle una taza a James, con una rebanada del bizcocho de frutas que le gusta –dijo la anciana mientras se dirigía a la cocina–. Siéntate mientras se lo llevo y sírvete bizcocho y café, si quieres. Sírveme una taza a mí también.

Abrumada por las ganas de romper a llorar por segunda vez aquella mañana, Melanie prefirió no hablar y se limitó a asentir y a sonreír.

Cuando Forde y ella vivían juntos, había ayudado muchas mañanas a Isabelle en el jardín, y el descanso de las once para tomar café era un momento de risas y confidencias. Pero no creía que aquella mañana fuera a haber muchas risas.

Se dio cuenta de que estaba hambrienta, ya que no había desayunado por falta de tiempo al haberse despertado tarde. Le había sucedido más veces, pues se pasaba media noche dando vueltas y se dormía al alba. Por tanto, siempre estaba cansada. Aunque ya sabía que también intervenía otro factor.

Isabelle volvió sonriendo de oreja a oreja.

–Qué muchacho tan simpático. Creo que no come lo suficiente. Siempre devora el bizcocho como si estuviera muerto de hambre. Y tú, ¿comes lo suficiente? Estás paliducha. James me ha dicho que has ido al médico.

Melanie asintió.

–Llevo días sin sentirme bien, pero no me pasa nada. No me había dado cuenta, pero... –inspiró profundamente. Aquello era más difícil de lo que parecía–. Estoy esperando un hijo. De Forde –añadió a toda prisa por si su suegra hubiera pensado otra cosa.

Isabelle se quedó atónita, pero se recuperó de inmediato.

–Es maravilloso, cariño –le dijo mientras le apretaba la mano–. ¿Cuándo nacerá?

–En primavera, en mayo –era propio de Isabelle no hacer las preguntas evidentes, pero se sintió obligada a darle alguna explicación–. Forde vino a verme una noche para hablar de la posibilidad de que yo trabajara aquí. Y una cosa llevó a la otra...

–Pues me alegro mucho por los dos. ¿Lo sabe Forde?

Melanie asintió.

–Ha llegado a la consulta cuando me marchaba. Esto no significa que vayamos a volver a estar juntos, Isabelle.

Se produjo un silencio. Después, la anciana le preguntó:

–¿Debo inferir que ya no lo quieres?

–No, claro que lo quiero.

–Y sé que él te quiere. Y mucho. Perdona, pero no lo entiendo.

Melanie intentó contener las lágrimas, sin resultado. Lloró amargamente, e incluso cuando Isabelle la abrazó con una fuerza que desmentía su fragilidad, no consiguió calmarse. Lloró por Matthew; por Forde, por haberle partido el corazón al perder a su hijo; y por todos los sueños y esperanzas reducidos a cenizas.

Y por aquel nuevo niño, por aquella personita que no había pedido existir y que era tan vulnerable.

Cuando sus gemidos se transformaron en sollozos, Isabelle le pasó un paño mojado en agua fría por la cara como si tuviera tres años en vez de casi treinta. Agotada, Melanie se quedó sentada. Le dolía la cabeza y le ardían los ojos. Isabelle preparó más café y sirvió dos tazas. Después se sentó al lado de Melanie y le agarró las manos.

Melanie negó lentamente con la cabeza.

–No sé cómo explicártelo.

La anciana suspiró.

–Eres la hija que no tuve. Y, pase lo que pase, eso no cambiará. Pero tienes que dejar de echarte la culpa de algo que no hiciste.

Melanie la miró con los ojos llenos de lágrimas.

–Me parece que no tengo derecho a ser feliz después de perder a Matthew, y tengo miedo de que...

–¿De qué?

–De que le suceda algo a Forde si estoy con él y,

ahora, de que le suceda algo al bebé. Creo que mi destino es estar sola.

–No digas tonterías, cariño. Tuviste un trágico y terrible accidente y, además, tus hormonas entraron en acción y te causaron la depresión que todavía padeces. Si te hubieras tomado lo que te recetó el médico, puede que ahora te sintieras mejor.

Melanie alzó la barbilla, desafiante.

–No quise hacerlo porque Matthew se merecía que lo llorara. Era lo único que podía hacer –apartó las manos de las de la anciana, se secó los ojos y se sonó–. Sé que tus intenciones son buenas, Isabelle, pero tengo que decidir sola lo que voy a hacer.

–Ya lo sé, pero ¿harás algo por mí?, ¿por todos nosotros? Acude a Forde de vez en cuando. Te quiere mucho. Háblale, explícale cómo te sientes. No lo excluyas de tu vida porque también es su hijo.

Melanie asintió.

–Ya lo sé. Voy a verlo esta noche.

–Muy bien. Ahora, bébete el café y tómate otro trozo de bizcocho, dos si quieres. Tienes que estar fuerte. Y recuerda que ahora tienes que comer por dos.

Con gran esfuerzo, Melanie respondió al cambio de tema.

–Los expertos en salud no estarían de acuerdo contigo.

–Sin duda, pero nunca he hecho caso de lo que dicen los expertos y no voy a empezar ahora –Isabelle soltó una risita–. Ya sé que soy una vieja fastidiosa.

Melanie sonrió y le dijo con una ternura que hizo que a su suegra se le saltaran las lágrimas:

–Eres un encanto de anciana.

Melanie se tomó dos rebanadas más de bizcocho y hablaron de los progresos del jardín, del tiempo y de otros temas no comprometidos. Después fue al encuentro de James para darle la noticia mientras Isabelle descolgaba el teléfono inmediatamente y llamaba a Forde.

James estaba trabajando en el estanque que Isabelle había pedido. Alzó la vista cuando Melanie se acercó y observó que tenía la nariz y los ojos enrojecidos. La miró con aprensión mientras se enderezaba.

–No te preocupes, estoy bien –dijo Melanie antes de que él pudiera hablar–. Tengo algo que decirte: no podré levantar peso durante algún tiempo. Voy a tener un hijo.

James dio un paso atrás como si ella fuera a dar a luz allí mismo.

–¿Cómo?

Melanie se echó a reír sin poderlo evitar.

–¿De Forde?

Ella asintió.

–Pues claro. ¿De quién si no?

–¿Volvéis a estar juntos?

–No exactamente.

–Vale.

No fue la primera vez que Melanie agradeció que James fuera una persona que aceptaba a los demás como eran. No era necesario darle explicaciones.

–El bebé nacerá en mayo, que sé que no es la mejor época, ya que solemos tener mucho trabajo después del invierno.

–No te preocupes –James le sonrió–. Ya nos las arreglaremos.

–Llevo algún tiempo pensando en contratar a otra persona. Tal vez sería buena idea hacerlo en las próximas semanas para estar listos para la primavera –y para que él no pensara que iban a quitarle el puesto, añadió–: Sería tu ayudante.

Él asintió.

–Lo que tú decidas.

Ella sonrió y comenzaron a trabajar, aunque Melanie no dejó de darles vueltas a las últimas palabras de James. Ese era el problema, que no sabía qué decidir con respecto a nada. Solo sabía que quería al bebé con todo su ser. El día anterior desconocía su existencia, pero se había convertido en el centro de su vida.

Trabajó de forma automática el resto del día, llena de dudas, esperanza y miedo, pero mientras volvía a casa conduciendo supo lo que debía hacer. Tal vez lo hubiera sabido desde el momento en que el doctor Chisholm le había dicho que estaba embarazada, pero no había podido reconocerlo hasta aquel momento.

Había anochecido cuando aparcó la camioneta y caminó con paso cansino hacia la casa. Al entrar siguió la rutina habitual de un día laborable: dejó la ropa de abrigo y las botas en la cocina, subió al piso de arriba, se desnudó y se bañó. Acabó a las siete pasadas y fue al dormitorio, donde decidió tumbarse unos minutos antes de prepararse para salir con Forde. Estaba tan cansada que se sentía como si estuviera drogada.

Se dijo que solo cerraría los ojos durante un rato para relajar los músculos doloridos. Se tapó con el edredón y se quedó dormida en cuanto apoyó la cabeza en la almohada.

Capítulo 8

FORDE sabía que le esperaba una ardua batalla. Lo habría sabido aunque su madre no lo hubiera llamado por teléfono. Pero cuando ella le refirió la conversación que había mantenido con Melanie, le confirmó todo lo que Janet le había dicho.

Frunció el ceño mientras conducía hacia la casa de Melanie. No la entendía. La quería más que a su vida, pero aquella necesidad de castigarse, e indirectamente castigarlo, por algo que ninguno de los dos había podido evitar escapaba a su comprensión. Y esa idea de que llevaba la desgracia a sus seres queridos era una estupidez.

Su madre estaba convencida de que dicha idea había arraigado en Melanie antes de que se casaran, debido a su pasado, y el aborto había conferido crédito a algo que habría desaparecido con el tiempo al carecer de base.

Pero había tenido lugar el accidente.

Forde agarró con fuerza el volante con expresión sombría. Y la subsiguiente depresión de su esposa había alimentado la semilla de aquel sinsentido.

Notó que estaba muy tenso y trató de relajarse al tiempo que pisaba el freno. Iba conduciendo muy deprisa, por encima del límite de velocidad.

¿Qué demonios iba a hacer? ¿Cómo convencer a Melanie de que su vida sin ella estaba vacía, privada de alegría y satisfacción? Ella creía protegerlo suprimiendo los vínculos que los unían cuando, en realidad, lo estaba matando lentamente.

Y, de pronto, aparecía aquel niño, producto de su amor, porque había sido el amor lo que lo había engendrado. Era fruto de la pasión y el deseo, ciertamente, pero el amor había sido la base de la relación entre los dos desde la primera cita. Antes de que Melanie apareciera, llevaba toda la vida esperándola, y había reconocido en ella su media naranja. Así de sencillo.

Se percató de que seguía conduciendo muy deprisa. Últimamente tendía a hacerlo, lo cual era una prueba de que no sabía controlarse como antes. El problema era que no dejaba de pensar en Melanie en ningún momento.

Su madre le había dicho que le preocupaba que Melanie fuera a derrumbarse en cualquier momento, y él había estado a punto de decirle que temía que le sucediera lo mismo a su propio hijo.

No se lo había dicho, desde luego. Bastantes preocupaciones tenía ya su madre. Además, hubiera sido una afirmación falsa, pues no tenía intención alguna de derrumbarse. Iba a recuperar a su esposa pasase lo que pasase, y la irrupción del bebé implicaba que sería pronto. Estaba cansado de ir por las buenas y de fingir que estaba de acuerdo en divorciarse. Cuando ella se marchó, él le dijo que tendría que pasar por encima de su cadáver para obtener el divorcio, y seguía manteniéndolo.

Miró el ramo de rosas y la botella de mosto que llevaba en el asiento de al lado. En el embarazo anterior, Melanie se había obsesionado con comer y beber adecuadamente.

Recordó todos los libros sobre niños que había comprado, los litros de leche que bebía y la primera vez que sintió las patadas en el vientre. No cabía en sí de gozo. Sabía que sería una madre maravillosa. Sus experiencias infantiles la habían llevado a decidir que su hijo solo conocería el amor y la seguridad. Él se lo recordaría aquella noche si persistía en la ridícula idea de continuar separados.

Comenzó a hacer una lista mental de los argumentos que le presentaría para apoyar su postura. E incluso de cómo responder a los de ella, hasta que estuvo seguro de que ella no podría plantearle nada en lo que él no hubiera pensado.

Cuando aparcó se sentía optimista. Se querían, y eso era lo más importante; eso y que su noche de amor había producido una personita, un compendio de ambos. Era algo que ella no podría rebatirle. Cuando llegara la primavera, el niño, o la niña, sería una realidad.

Se sintió tan invadido de amor por Melanie y por el bebé que se quedó sin aliento. Tal vez hubiera debido negarse a que se apartara de él en los días posteriores al aborto. Los médicos le habían dicho que necesitaba tiempo para enfrentarse a algo demasiado doloroso para asimilarlo de una vez.

Pero no le había sucedido eso a Melanie. ¿Por qué había hecho caso de consejos ajenos cuando su instinto le decía que debía obligarla a no aislarse?

Estaban todavía inmersos en la época gloriosa de dos recién casados que se estaban conociendo; después, llegó la emoción del embarazo. La vida era perfecta. Y en cuestión de unos segundos, su mundo se había hecho pedazos. Aún recordaba el rostro de ella cuando llegó al hospital y la encontró dando a luz.

Sacudió la cabeza para disipar una imagen que lo perseguía desde entonces.

Bajó del coche. Si conseguía su propósito, ella volvería con él aquella noche. Janet le había aconsejado que no aceptara una negativa. Era fácil decirlo, pero se trataba de Melanie, un hueso duro de roer.

Inspiró profundamente. Se sentía como un soldado preparándose para entrar en combate. Lo cual no distaba mucho de la verdad. Y Melanie era una tremenda oponente.

Llamó al timbre. Pensaba que habría luz en la planta inferior, pero todo estaba a oscuras. Esperó unos segundos y volvió a llamar. Nada. Miró el reloj. Faltaban unos minutos para las ocho. Era imposible que se hubiera marchado para no verlo. Melanie no era cobarde ni dejaba de mantener su palabra. Le había dicho que estaría en casa. ¿Qué había pasado?

Preso de la inquietud, comenzó a aporrear la puerta. La camioneta estaba en el aparcamiento, así que no podía andar lejos. A no ser que estuviera herida en el interior...

Experimentó un gran alivio cuando la puerta se abrió. Allí estaba Melanie con el mismo camisón de aquella noche de agosto, los ojos somnolientos y el pelo despeinado.

–¿Qué hora es? –preguntó con voz ronca–. Solo quería dormir unos minutos.

–Son las ocho –a Forde le costó trabajo hablar. Había pasado de la preocupación al deseo de poseerla.

Le dio las flores y agarró la botella que había dejado en el suelo. Tenía el cuerpo tan tenso a causa del deseo que le resultó difícil echar a andar cuando ella dijo:

–Entra. Gracias por las flores. Las rosas son mis favoritas.

–Ya lo sé –sonrió y ella le devolvió la sonrisa. La siguió hasta la cocina.

–Lo siento, no estoy lista –observó ella, aunque era evidente, mientras buscaba un florero–. Tardaré unos minutos. ¿Quieres beber algo mientras tanto? Hay café, zumo o vino.

–Un café –en realidad no le apetecía, pero no quería que ella saliera corriendo. Sin pensarlo, dijo–: No hace falta que salgamos a cenar si estás cansada. Podemos pedir que nos traigan algo, lo que te apetezca.

Se dio cuenta de que ella reflexionaba mientras lo miraba. Salir a cenar sería menos íntimo, pero la idea de no tener que arreglarse y salir le resultaba tentadora.

Él esperó sin pronunciar palabra.

–Hay un restaurante chino en el pueblo de al lado –apuntó ella al cabo de unos segundos–. Tengo el folleto debajo de esa caja de galletas –le señaló una que estaba cerca de donde se hallaba sentado–. ¿Por qué no pides algo mientras me visto?

–No hace falta que lo hagas porque esté yo.

La actitud de ella cambió. Él se hubiera dado de bofetadas.

–Es broma. ¿Qué quieres comer?

–Lo que sea, me da igual –era evidente que estaba deseando huir de allí–. Sírvete el café. No tardaré.

Él se sirvió una taza. Melanie parecía exhausta, lo cual no era de extrañar, ya que llevaba más de un año con los nervios de punta. Era como una gata sobre un tejado de zinc caliente: una gata suave, cálida y rubia, de dulce cara, pero dispuesta a mostrar las uñas si era necesario.

Forde agarró el folleto de debajo de la caja. Se moría de hambre. Después de deliberar durante unos segundos, decidió que lo mejor sería pedir muchas cosas para que Melanie pudiera elegir. Llamó por teléfono e hizo el pedido.

Se dirigió al comedor y vio que la mesa estaba bastante despejada; solo había unas carpetas en una esquina. Las dejó en el suelo y se puso a buscar cubiertos, salvamanteles, servilletas y vasos. Después volvió a la cocina y se sirvió otro café.

Estaba nervioso, como se había sentido en la primera cita, que había tenido lugar la noche siguiente a haberse conocido en la boda de su amigo común. No había podido esperar más de veinticuatro horas para volver a verla. La había llevado a cenar a un restaurante caro y había desempeñado el papel del millonario con éxito mientras, en su interior, estaba aterrorizado pensando que no quisiera volver a verlo. Ella le había invitado a tomar café cuando la dejó en su casa. Le había dejado claro que solo a café.

Se pasaron tres horas hablando.

Sonrió al recordarlo. Nunca había hablado así con una mujer, pero con ella le pareció natural no guardarse nada. Y ella hizo lo mismo. O eso había creído.

Inquieto, abrió la puerta trasera y salió al jardín. La noche era fresca. En los tiestos, algunas plantas habían florecido.

No se percató de que Melanie estaba detrás de él hasta que dijo:

–Me gusta que haya algo de color en invierno. Son bonitas, ¿verdad?

La miró. Llevaba un jersey blanco y unos vaqueros, y el pelo recogido en una cola de caballo. Sin maquillaje, no aparentaba más de dieciséis años.

–¿El aroma procede de ellas?

–¿Te refieres al de la madreselva de invierno? –le indicó un arbusto cercano a la pared de la casa–. Echa flores durante todo el invierno.

–Muy bonita –dijo él sin apartar los ojos de su rostro.

Ella lo miró. Forde vio que temblaba.

–Tienes frío –la tomó del brazo y volvieron al interior de la casa. Parecía frágil bajo su mano, como si fuera a quebrarse si apretaba demasiado.

–Queda mucho café. ¿Te sirvo una taza?

Ella negó con la cabeza.

–Ya me gustaría, pero ahora solo puedo tomar dos tazas de té o café al día, a causa de la cafeína.

A Forde le trajo a la memoria la lista interminable de cosas que podía y no podía hacer durante su anterior embarazo. Otras mujeres comían y bebían lo que querían, fumaban e incluso se drogaban, y tenían hijos sanos, en tanto que Melanie... Ella había hecho lo correcto desde el principio. Era una injusticia que hubiera perdido a Matthew como lo había hecho.

–¿Un zumo, entonces? –propuso él–. ¿O abro la botella de mosto?

–Forde, he accedido a verte esta noche, pero no quiero que creas que significa algo más allá de que reconozca que tenemos que hablar. El bebé es tan tuyo como mío.

Ya era algo, no mucho, pero era mejor que tener que convencerla de que lo admitiera.

– El caso es... –prosiguió ella en tono vacilante, pero se detuvo cuando él alzó la mano.

–No vamos a hablar de nada hasta haber cenado. La comida llegará en cualquier momento.

Como si lo hubieran oído, sonó el timbre.

Al cabo de un par de minutos, la mesa estaba llena de bandejas humeantes que despedían muy buen olor. Todo un banquete.

Melanie comió con apetito. Cuando ambos quedaron saciados, apenas restaban algunos bocados. Ella se apoyó en el respaldo de la silla y dio un suspiro de satisfacción.

–Estaba delicioso. No me había dado cuenta del hambre que tenía.

–Ahora comes por dos, cariño.

–Forde...

–O tal vez por tres. Podrían ser gemelos. En la

rama paterna de mi familia hay gemelos, así que ¿quién sabe?

Melanie habló con voz débil.

–Me van a hacer una ecografía esta semana. Ya te diré si son dos.

–Que fueran gemelos sería estupendo. Multiplicaría por dos la alegría.

–Y darles de comer y cambiarles los pañales... –se detuvo como si hubiera recordado algo–. Tenemos que hablar.

–De acuerdo –él sonrió como si no se le hubiera parado el corazón al mirarla. Sabía que, dijese lo que dijese, no le iba a gustar–. ¿Vamos al salón con las bebidas?

Ella se había relajado mientras cenaban, e incluso se había reído, pero volvía a estar tensa. Se acurrucó en un sofá y él se sentó en el otro.

–¿Qué tenías que decirme, Nell?

Observó que ella inspiraba profundamente, lo cual le puso aún más nervioso.

–Cuando nazca el bebé, no podré quedarme con él. Creo que deberías quedártelo tú, si lo deseas.

Él no estaba preparado para aquello. Se quedó con la boca abierta hasta que la cerró de forma brusca.

–¿Qué has dicho?

–Creo que sería mejor que se criara con uno de sus progenitores. Y tú tienes a tu madre y a un montón de familiares, así que el niño echaría raíces. Y tu fortuna te permitirá contratar a la mejor de las niñeras, y también tienes a Janet...

–¿De qué estás hablando? – solo se contuvo porque sabía que no era eso lo que ella quería de verdad–. La mejor niñera del mundo no puede sustituir a una madre, una madre que, en tu caso, querrá a su hijo de forma inimaginable. Has nacido para ser madre, Nell. Lo sabes tan bien como yo.

–No puedo quedarme con él –dijo ella con voz dura.

Él trató de calmarse.

–¿Por qué no? Explícamelo. Me lo debes, al igual que al bebé. ¿Has pensado en lo que nuestro hijo o nuestra hija sentirá cuando se entere de que su madre no quiso saber nada de él o de ella después de dar a luz?

–Eso no es justo.

–Claro que lo es. Enfréntate a los hechos.

–Lo estoy haciendo.

Su pérdida de control fue tan repentina que él dio un respingo mientras ella se ponía de pie como impulsada por un resorte.

–Si me quedo con él le pasará algo, como a Matthew. O te pasará a ti. Algo nos impedirá ser una familia, y será por mi culpa, ¿Aún no lo has entendido? Precisamente porque quiero al bebé tengo que apartarme de él.

Él la miró. Tenía los puños cerrados y estaba rígida como una tabla. Le dijo suavemente:

–Y por eso te fuiste de mi lado. Y te has repetido tantas veces esa mentira que has acabado por creértela.

Se percató de lo mucho que le había fallado. Debió haber insistido en que buscara ayuda profesional después de la muerte de Matthew, pero temió causarle más dolor, perderla. Qué ironía.

–No es una mentira.

–Claro que lo es –se levantó, se acercó a ella y la abrazó–. La vida no viene en paquetes limpios e higiénicos. La gente muere en accidentes, de enfermedad, de vejez... No es justo ni agradable, pero es así. La muerte de Matthew no fue culpa tuya. No sé por qué sucedió, y te confieso que se lo he echado en cara a Dios desde entonces, pero sé que no fue culpa tuya. Tienes que metértelo en la cabeza.

–No puedo –se apartó de él–. Y tengo que proteger al bebé. Si te quedas con él y me mantengo al margen de vuestras vidas, estará a salvo.

Su palidez indicó a Forde que no podía seguir presionándola.

–No hace falta que te diga que me quedaré con nuestro hijo, pero creo que le debes algo. Quiero que vayas a hablar de cómo te sientes con alguien que sea objetivo y que tenga experiencia en el tipo de situación por la que atraviesas. ¿Lo harás por él y por mí?

Ella había retrocedido un poco más.

–¿Te refieres a un médico? ¿Crees que estoy loca?

–De ninguna manera –se acercó a ella y le agarró las manos, que estaban frías–. Pero tengo una amiga que te puede asesorar. Se ofreció a hablar contigo hace meses, solas ella y tú y de forma confidencial. Te prometo que Miriam te gustará, Nell.

Ella se soltó.

–No lo sé.

–Entonces confía en mí. ¿Qué puedes perder? Te quiero y siempre te querré. Si no quieres hacerlo por ti, hazlo por mí.

Observó confusión en sus ojos e instintivamente le acarició la mejilla, suave y caliente. Se inclinó y la besó suavemente antes de atraerla hacia sí.

Se quedaron así, él acariciándole la cabeza con la barbilla y ella con la cabeza apoyada en su pecho, sin hablar. El pelo le olía al champú de manzana que utilizaba y él también aspiró un rastro de vainilla, propio de su olor corporal. No sabía por qué esas dos fragancias despertaban su deseo, pero Melanie siempre le producía esa reacción. Sin embargo, se controló, ya que sabía que, en aquel momento, ella solo quería que la abrazara y consolara.

Al cabo de un par de minutos, él murmuró:

–Mañana llamaré a Miriam y le pediré que te vea. Aunque está muy ocupada, como nos conocemos desde hace tiempo, seguro que te hará un hueco.

–¿Desde hace tiempo? ¿A qué te refieres?

Él detectó los celos que trataba de ocultar y estuvo a punto de sonreír.

–Es la madre de un amigo íntimo, tiene seis nietos y lleva cuarenta años felizmente casada –y también estaba muy solicitada en su profesión, pero no quiso decírselo.

–No cambiará nada, Forde. Tienes que aceptar lo inevitable –lo miró con los ojos empañados de lágrimas–. Yo ya lo he hecho.

–Ve a verla, es lo único que te pido –volvió a besarla, pero esa vez fue más allá de un beso de consuelo. Y supo que ella sentía lo mismo porque se aferró a él con un ansia en su respuesta que le hizo perder el control. Le acarició el cuerpo de forma íntima y sensual, y después la levantó del suelo en sus brazos mientras le susurraba–: Te deseo, pero, si quieres que me vaya, lo haré.

Ella le respondió besándolo con deseo. Él lanzó un gemido y la subió a su habitación. La tumbó en la cama. Se desnudaron a toda prisa sin hablar y él se acostó a su lado. Le tomó la cara entre las manos y la besó profunda y apasionadamente.

Ella siempre había sido una amante que daba tanto como recibía. Sus manos y su boca comenzaron a explorarle con el mismo deseo que él lo hacía mientras ambos gemían de placer. Él percibió que sus senos parecían más llenos y tomó un pezón con la boca. Ella se arqueó lanzando un grito.

–Ahora los tengo más sensibles –afirmó jadeante.

Él la besó en la boca introduciéndole la lengua y después le mordió el labio inferior con suavidad.

–Eres tan hermosa, amor mío –susurró temblando–. No creo que pueda aguantar mucho más.

–Pues no lo hagas.

Cuando la penetró, estaba húmeda y caliente. Ella enlazó las piernas en torno a su cuerpo y levantó las caderas mientras se movían en perfecta armonía hacia un clímax que experimentaron entre gritos de placer.

Después, él la abrazó y ella abrió los ojos.

–No sabes cuántas duchas frías me he dado estas últimas noches –murmuró él con ironía.

Ella sonrió levemente, pero él se dio cuenta de que estaba pensando de nuevo.

–Forde, no deberíamos haberlo hecho.

–Claro que sí –le apartó un mechón de pelo de

la cara–. Es muy sencillo: yo te deseaba y tú me deseabas. No trates de complicarlo.

–Pero no...

–No, no cambia nada. Ya lo sé, no te preocupes. Duérmete –tiró del edredón para taparla y taparse.

La expresión de Melanie era de confusión y remordimiento.

–No es justo para ti –susurró ella.

–Créeme, Nell, puedo vivir con esa injusticia –afirmó él con sequedad.

Ella sonrió y él le devolvió la sonrisa.

–Duérmete –repitió él mientras la besaba en la punta de la nariz y en la boca–. Todo va bien.

Ella se quedó dormida en cuestión de segundos, acurrucada a su lado, pero Forde la estuvo mirando durante mucho tiempo. «Todo va bien». Qué estupidez. Su esposa le había dicho que le iba a dejar al bebé cuando naciera y a desaparecer, y él le había contestado que todo iba bien. Pero no tenía intención de permitírselo, así que si todo no iba bien, al menos todo estaba más claro de lo que lo había estado en mucho tiempo.

Le acarició suavemente el vientre. Probablemente fuera su imaginación, pero creyó haber sentido una pequeña hinchazón. Su hijo estaba vivo allí dentro; era diminuto, pero cada día adquiría más fuerza.

Se le llenaron los ojos de lágrimas. Había sido un largo camino desde que perdieron a Matthew, y aún no habían llegado al final, ni mucho menos. Pero, contra todo pronóstico, se había producido un milagro: Melanie estaba embarazada. Aquella noche de amor había engendrado ese bebé, e iban a ser una familia costase lo que costase. Si tenía que secuestrar a Melanie y llevársela a ella y al bebé a un lugar remoto en el fin del mundo hasta que ella lo aceptara, lo haría.

Ella se removió en sueños y murmuró su nombre antes de seguir respirando regularmente.

Era un pequeño detalle, pero lo alegró. Ella era suya, y punto.

Se durmió enseguida.

Capítulo 9

A LA MAÑANA siguiente, Melanie se despertó sintiéndose muy cómoda y calentita. Abrió los ojos. Forde estaba hecho un ovillo apoyado en su espalda y tenía un brazo en su estómago.

Con mucho cuidado, le quitó el brazo y se dio la vuelta para mirarlo. Estaba profundamente dormido, con el edredón a la altura de la cintura, por lo que quedaban al descubierto sus anchos hombros y el vello que le cubría el pecho. Lo observó durante unos segundos y se levantó sin hacer ruido. No pensaba marcharse como la vez anterior, pero tampoco quería fingir que eran como cualquier otra pareja.

Recogió la ropa y fue al cuarto de baño. Cerró la puerta y echó el pestillo. Al salir, vestida y peinada, Forde estaba sentado en la cama con las manos detrás de la cabeza. Se le desbocó el corazón. Era lo que, en sus sueños, toda mujer esperaba como regalo de Navidad.

–Hola, cariño –dijo él con voz somnolienta–. ¿Has terminado en el cuarto de baño?

Ella asintió y no pudo apartar la mirada cuando él se puso de pie.

Lo había visto desnudo muchas veces, pero estaba segura de que nunca se cansaría de hacerlo. Su masculinidad la embriagaba. Se movía con la elegancia de un felino. Sus músculos eran flexibles y no tenía ni un gramo de grasa.

Cuando él llegó a su lado, Melanie se dio la vuelta para bajar las escaleras, pero él la agarró del brazo y la giró hacia sí. La besó dulcemente sin prolongar el beso y se dirigió al cuarto de baño, aunque Melanie se percató de que cierta parte de su anatomía revelaba su deseo de ella.

Con las mejillas ardiendo bajó al piso inferior. Sintió un principio de náusea que ganaría intensidad a lo largo del día para desaparecer sobre las siete o las ocho de la tarde. Era lo único que odiaba del embarazo.

Antes de quedarse embarazada de Matthew creía que las náuseas matinales eran eso: te despertabas, vomitabas y seguías con la vida normal durante el resto del día. En cambio, la náusea y la sensación de no estar bien la perseguían todo el día, aunque, si el bebé seguía la misma pauta que Matthew, solo tardaría dos o tres semanas en sentirse mejor.

Encendió la cafetera y se quedó frente a ella, con las manos en el vientre, y durante unos segundos la invadió la sensación de que una vida crecía en su interior e hizo desaparecer todos sus miedos y dudas.

–Te hablaré de tu hermano en cuanto seas lo suficientemente mayor como para comprenderlo –susurró–. Fue nuestro primer hijo y lo queríamos mucho, lo cual no significa que no vayamos a quererte tal como seas.

¿Entendería ese niño que tuviera que abandonarlo por su propio bien? ¿Podía un niño hacerlo? Tal vez llegara a odiarla. Pero no importaría si estaba a salvo.

Se sintió angustiada. ¿Estaba haciendo lo correcto? Sí. No podía dudar. Y no volvería a haber más noches como la anterior. La separación tenía que llevarse a cabo, lo cual implicaba no volver a ver a Forde, porque, si lo hacía, si lo tenía delante, toda su determinación se evaporaría. No era fuerte en su presencia.

–¿Qué pasa? –Forde estaba detrás de ella.

Melanie se volvió hacia él quitándose las manos del vientre.

–Nada.

–Llevas un minuto ahí de pie. Creí que te dolía algo –dijo él mientras le examinaba el rostro atentamente como si no creyera que le estaba diciendo la verdad.

–Estoy bien –inspiró profundamente. Ella nunca había hablado de Matthew por propia iniciativa, ni de lo que había sucedido. Siempre era Forde quien abordaba el tema y ella solía negarse a hablar de ello porque sabía que se derrumbaría si lo hacía. Pero, en aquel momento, dijo en voz baja–: Pensaba en Matthew. No quiero que caiga en el olvido. Quiero que este niño sepa que tuvo un hermano.

–Desde luego. Por descontado, Nell.

–Si voy a ver a Miriam para hablar con ella, quiero que me prometas que no volverás a venir aquí. Ese es el trato, y hablo en serio.

Él retrocedió como si le hubiera dado una bofetada.

–No podemos... –negó con la cabeza. No había

forma de decirlo amablemente–. No quiero que vuelvas. Lo complica todo y hará que la separación definitiva sea más difícil. Me las arreglaré sola.

–¿Y si yo no puedo arreglármelas solo? ¿Qué pasará entonces? ¿O se trata solo de ti y excluyes todo lo demás?

Esa vez fue ella la que se sintió como si le hubiera dado una bofetada.

–Es mi hijo –afirmó él tratando de controlarse–. Eso me concede ciertos derechos. No puedes excluirme como si no existiera.

–No trato de hacerlo, al menos no con respecto al bebé.

–Ah, entiendo. Así que prometo mantenerme alejado los próximos nueve meses...

–Seis meses. Llevo tres embarazada.

–Los próximos seis meses –prosiguió él como si ella no lo hubiera interrumpido–, y después, ¿qué? ¿Me llaman por teléfono para decirme que el niño ha nacido y que puedo pasar a recogerlo? ¿Eso es lo que tienes planeado?

Ella lo miró. Tenía derecho a enfadarse, pero ella también lo estaba.

–No tenía la obligación de decirte que estaba embarazada. Al menos, no tan pronto.

–Si no recuerdo mal, me lo dijiste porque me presenté cuando saliste de la consulta del médico. No estoy seguro de que me lo hubieras dicho si hubieses tenido tiempo de pensarlo.

Ella se enfureció, probablemente porque había tocado algo sobre lo que ella se había estado preguntando las veinticuatro horas anteriores.

–No quiero seguir hablando de eso, pero esta es mi casa y tengo perfecto derecho a decidir quién entra en ella –con los brazos en jarras, lo fulminó con la mirada.

–Si no estuvieras embarazada, te haría entrar en razón como fuera –masculló él con los dientes apretados.

Ella sabía que no lo decía en serio, ya que Forde nunca le pondría la mano encima a una mujer furiosa. No obstante, alzó la barbilla.

–Inténtalo, pero no olvides cómo me gano la vida. Soy más fuerte de lo que parece.

–Nunca he dudado de tu fortaleza –dijo él secamente–. Es tu mejor y tu peor atributo. Te sirvió para salir adelante los veinticinco primeros años de tu vida, hasta que me conociste; pero ahora corres el peligro de que te arruine el resto de la vida. Tienes que dejarme participar, Nell. No tienes que luchar sola. ¿No te das cuenta de que en eso consiste el matrimonio? Estoy de tu lado en lo bueno y en lo malo, en la riqueza y en la pobreza, en la salud y la enfermedad. Te quiero. A ti. Con un amor que durará eternamente. Y no voy a darme por vencido digas lo que digas o hagas lo que hagas. Métetelo en la cabeza.

–Y tú métete en la cabeza que no puedo ser lo que quieres que sea. No soy buena para ti, Forde, ni para nadie.

–Eres lo mejor que me ha pasado en la vida –afirmó él de corazón–. Lo mejor. Puedes tratar de convencerte de lo contrario, pero sé lo que siento.

Ella lo miró fijamente.

–No puedo seguir. Quiero que te vayas, Forde. Ahora, y lo digo en serio.

Él se percató de que así era. Pero tenía una última cosa que añadir.

–Incluso antes del accidente, esperabas que la burbuja estallara, Nell. Era una profecía que acarreaba su propio cumplimiento, y solo tú puedes cambiarla. Creo que no puedo decir ni hacer nada más, pero espero que tengas el valor de mirar en tu interior y enfrentarte a lo que debas por el bien de nuestro hijo y por el nuestro.

–¿Has acabado?

La miró largamente y fue al comedor, donde su chaqueta seguía colgando del respaldo de una silla. Se la echó por los hombros y se marchó sin decir una palabra más.

Melanie oyó cerrarse la puerta de un portazo, pero estuvo un minuto sin moverse, porque era incapaz de hacerlo. Se sentía enferma y muy desgraciada, pero se dijo que había hecho lo que debía.

Al cabo de un rato se sirvió un café, fue al salón y se sentó en el sofá. Se quedó sentada durante un tiempo. Había comenzado a llover. Se estremeció. Por fin, el tiempo había cambiado. El invierno estaba a la vuelta de la esquina.

La noche siguiente, el teléfono sonó justo cuando acababa de cenar. Aunque no le apetecía comer, se obligó a prepararse una tortilla francesa de queso, después de haberse bañado y puesto el pijama, pues era consciente de que debía tomar alimentos sanos.

Se bebió un vaso de leche con la tortilla y, de postre, tomó tarta de manzana.

El corazón le latía con fuerza al descolgar el teléfono, pero no era Forde, sino una voz femenina.

–¿Puedo hablar con la señora Masterson, por favor?

–Soy yo –tenía que ser la mujer de la que le había hablado Forde.

–Soy Miriam Cotton. Forde me ha pedido que la llamase.

–Ah, sí –Melanie, de pronto, se sintió nerviosa. No quería hablar con una desconocida de sus sentimientos más íntimos, pero había hecho el trato con Forde de que la dejaría en paz si la iba a ver–. Quiero una cita, señora Cotton. Estoy segura de que está muy ocupada, así que comprendo que no sea inmediata.

Al cabo de dos minutos colgó. Le daba vueltas la cabeza. Iba a ver a Miriam Cotton al día siguiente, después de trabajar. No dudaba de que Forde había movido los hilos para que así fuera.

Se sentó a reflexionar mirando la dirección y el número de teléfono que Miriam le había dado y preguntándose si no sería mejor anular la cita. Tendría que llevar ropa para cambiarse después de trabajar, pero ese no era el problema.

Estaba asustada. Muerta de miedo.

Al pensarlo notó que tenía los puños cerrados sobre el regazo y se concentró en abrirlos lentamente. Forde le había dicho que debía tener valor para mirar en su interior. ¿Por qué debería hacerlo? ¿Y si no le hacía ningún bien? ¿Y si solo servía para que se sintiera peor?

Se dejó llevar por el pánico, pero recordó algo que Forde le había dicho y que había tratado de olvidar, aunque solo lo había relegado al subconsciente, por lo que había estado al acecho para reaparecer en cualquier momento.

Le había dicho que ella había esperado desde el principio que la burbuja de su matrimonio estallara, que la profecía se había cumplido y que ella era la única que podía cambiarla. Se había puesto tan furiosa al oírlo que hubiera sido capaz de estrangularlo, porque era falso y terriblemente injusto.

Cerró los ojos con fuerza. No lo era.

Se levantó. Estaba agotada. No podía seguir pensando en aquello. Se acostaría y a la mañana siguiente decidiría lo que hacer. Pero ya sabía que había tomado una decisión, porque otra cosa de las que le había dicho Forde le había llegado muy hondo: que tenía que hacerlo por el bien del bebé. Tenía que intentarlo. Tal vez fuera muy doloroso y angustioso y no consiguiera nada, pero si no lo intentaba no lo sabría.

Ni siquiera se lavó los dientes antes de meterse en la cama. Estaba tan cansada física y emocionalmente que le pesaban los miembros, pero en la fracción de segundo previa a quedarse dormida reconoció que no iría a ver a Miriam al día siguiente solo por el bebé, sino también por Forde.

Miriam Cotton no era en absoluto como se la había esperado. En primer lugar, su consulta estaba en su casa. Y la propia Miriam fue una especie de revelación. Su espeso cabello blanco estaba salpicado de mechas rojas, y su delgada figura embutida en unos vaqueros y una amplia camisa azul. Tenía una gran sonrisa, grandes ojos azules y arrugas donde era de esperar en una mujer de su edad y cutis. Daba la impresión de estar en paz consigo misma. A Melanie le cayó bien de inmediato.

Cuando se sentó en un sillón en vez de tumbarse en un diván, cosa que llevaba temiendo todo el día, Melanie comenzó a relajarse. Había algo en Miriam que inspiraba confianza.

Esta le sonrió desde otro sillón.

–Antes de nada quiero dejar totalmente claro que todo lo que se diga aquí, todo lo que me cuente, es confidencial. Forde no sabrá nada de lo que hablemos en esta habitación, a menos que se lo cuente usted. Tiene mi palabra.

–Gracias –Melanie asintió y se relajó un poco más. No era que quisiera tener secretos con Forde, pero saber que conservaba parte del control le dio seguridad.

–Forde me ha dicho que espera otro hijo.

Melanie volvió a asentir. Le gustó que Miriam hubiera dicho «otro hijo» y que no hubiera considerado que Matthew no había nacido.

–Sí, en primavera –vaciló–. Supongo que esa es la razón principal... No. Es una de las razones por las que estoy aquí. Creo que volver a quedarme embarazada ha revivido todo en mi mente.

–¿Todo? –preguntó Miriam en voz baja.

Melanie miró su amable rostro. Había fotos de la familia en una de las paredes de la habitación y en algunas aparecía una niña en silla de ruedas. Se dijo que Miriam conocía el dolor. Se hubiera dado cuenta incluso sin las fotos. Se veía en sus ojos.

–¿Empiezo por el principio? ¿Por mi infancia?

–Estaría bien. Y tómese su tiempo. Puede venir a verme cuando quiera, todas las tardes si lo desea, hasta que se sienta preparada para dejarlo. Forde es un excelente amigo de mi hijo, y usted es ahora una de mis prioridades. ¿De acuerdo?

Melanie se marchó a las siete sintiéndose como un trapo. Había llorado y gemido durante dos horas de un modo que la horrorizaba al pensarlo.

Se montó en la camioneta, que había aparcado cerca de la casa de Miriam. Desentonaba en la fila de coches caros de aquella calle de ricos, pero Melanie no lo notó.

Inspiró varias veces antes de arrancar. Seguía sin estar convencida de que aquello fuera una buena idea. Se sentía peor, mucho peor, tras el estallido emocional de las dos horas anteriores. Miriam le había asegurado que a todos les sucedía lo mismo al principio. Según ella, tenía que perseverar para hallar la salida del túnel. Pero ¿y si se quedaba dentro?

Salió del aparcamiento sintiéndose muy cansada.

Sin embargo, se dijo que se lo había prometido a Forde y que mantendría el trato. Volvería al día siguiente, y todos los que fueran necesarios.

Condujo despacio, consciente de su agotamiento y de que debía ser precavida. Cuando llegó a casa se preparó una cena rápida antes de acostarse. Se quedó dormida en cuanto apoyó la cabeza en la almohada.

Esa tarde constituyó la pauta de las semanas siguientes. A la mañana siguiente de la visita a Miriam, Melanie fue al hospital a hacerse la primera ecografía. Fue un día agridulce. Recordó que Forde y ella habían ido juntos a hacerse la primera ecografía de Matthew y cómo se habían emocionado al esperar que apareciera el bebé en el monitor, aunque también estaban un poco asustados por si algo no iba bien.

Se sentó sola en la sala de espera. Una vez tumbada en la camilla, el procedimiento fue una repetición del de la vez anterior. La mujer que le hacía la ecografía le sonrió. Todo estaba bien: el corazón latía con fuerza y el bebé se desarrollaba sin problemas.

Melanie salió del hospital con las dos imágenes del niño en su vientre y llorando de agradecimiento y alivio.

Cuando se montó en la camioneta, esperó unos minutos para calmarse antes de llamar a Forde, que contestó inmediatamente.

–¿Qué pasa, Nell?

–Nada. He ido al hospital a hacerme la primera ecografía y el bebé está bien. Solo quería que lo supieras. Tengo una foto para ti. Se la dejaré a Isabelle.

Forde tardó unos segundos en contestar.

–¡Gracias a Dios! En esta fase todavía no saben si es niño o niña, ¿verdad?

–No, eso es a las veinte semanas. ¿Quieres saberlo? –no lo habían hecho con Matthew.

–No lo sé. ¿Y tú?

–No estoy segura. Te llamaré cuando llegue el momento y lo hablamos. Tengo que irme a trabajar. Adiós, Forde.

–Adiós, Nell.

Melanie tardó otros diez minutos en dejar de llorar y calmarse. Condujo hasta casa de Isabelle y, cuando llegó, ya se había recuperado por completo.

Su suegra insistió en que se tomara una bebida caliente antes de salir al jardín, y se quedó fascinada al ver la imagen de su futuro nieto.

–¿Te importa que le haga una copia para quedármela antes de dársela a Forde esta noche? Va a venir a cenar tarde. Supongo que no querrás quedarte también.

Melanie negó con la cabeza.

–Voy a ver a Miriam –el día anterior le había parecido que lo correcto era decirle a su suegra lo que iba a hacer, y en aquel momento se alegró de haberlo hecho. Era la excusa perfecta, y además era verdad.

–¿Me estoy metiendo donde no me llaman si te pregunto cómo te fue?

–Claro que no –Melanie se encogió de hombros–, pero no te puedo decir mucho porque ni yo misma estoy segura. Fue traumático, creo.

–¿Pero útil?

Melanie volvió a encogerse de hombros.

–No lo sé, Isabelle. El tiempo lo dirá –se bebió el resto del chocolate y se levantó–. Voy a ayudar a James.

Al salir, alzó la cabeza hacia el cielo gris. ¿Útil? ¿Cómo podía resultar útil algo tan doloroso?

No estaba deseando que llegaran las siguientes semanas.

Entre heladas y frío, noviembre dio paso a diciembre, pero James y ella consiguieron acabar la remodelación al final de la primera semana de diciembre.

Y Forde cumplió su palabra. No fue a casa de Melanie ni la llamó. A veces, enfadada, pensaba que si él hubiera sufrido un grave accidente no se habría enterado. Después se daba cuenta de su incoherencia.

El orgullo le había impedido hablar de él con Isabelle mientras duró el trabajo. Le pareció que sería el colmo de la hipocresía después de haberlo abandonado y de seguir negándose a volver con él. ¿Qué iba a preguntarle a su suegra? ¿Si estaba bien? ¿Si era feliz? Y después del día en que Isabelle le había pedido que se quedara a cenar, la anciana le hablaba de cualquier cosa salvo de Forde, lo cual no era propio de ella, por lo que Melanie sospechó que obedecía órdenes de su hijo.

Podía equivocarse, desde luego. Tal vez se estuviera volviendo paranoica, pero no podía quejarse.

Sin embargo, lo echaba de menos. Ya lo había pasado muy mal al abandonarlo a principios de año, pero se hizo a la idea de que su matrimonio había acabado. Había ocupado sus pensamientos en sacar adelante el negocio y buscar casa, aunque nada pudiera suplir su presencia. Había atenuado el dolor amueblando la casa, convirtiendo el patio trasero en un jardín y esmerándose en su trabajo.

Pero después...

Desde que él había vuelto a su vida aquella noche de agosto, se había abierto una puerta que ella se veía incapaz de cerrar. Se le había introducido en la mente... y en el cuerpo. Mientras lo pensaba se llevó la mano al vientre.

Quería verlo a pesar de sí misma, y mucho más conforme avanzaban las sesiones con Miriam.

No sabía dónde estaba en el plano emocional a medida que emergían sus miedos y ansiedades más profundos, procedentes de su problemática infancia y aún más problemática adolescencia. Tenía que aceptar el hecho de que había enterrado el sentimiento de no valer nada y de no ser querida bajo la fachada de mujer capaz y dueña de sí que presentaba al mundo. Y a medida que pasaba el tiempo, algo sucedía con el dolor y el miedo que había en su corazón. Comenzaba a desintegrarse y, aunque el proceso resultaba penoso y angustioso, era sano.

Muy poco a poco comenzó a aceptar que su confusión y desesperación infantiles habían influido en el concepto que tenía de sí misma. No era responsable de la muerte de sus padres ni de la de su abuela ni de la de su amiga.

Aceptar que tampoco lo había sido del aborto le resultó más difícil, ya que la herida seguía en carne viva. La ayudó enormemente que Miriam hubiera dejado a un lado su papel profesional y hubiera llorado con ella en aquellas sesiones, en que le había dicho que ella había perdido un hijo de pocos meses y que se había sentido responsable durante mucho tiempo.

–Es lo que hacemos las mujeres –había afirmado Miriam en tono irónico mientras se secaba las lágrimas tras una sesión especialmente desgarradora–. Nos echamos la culpa, nos castigamos y tratamos de entender lo que nos resulta una tragedia inexplicable. Pero no tuviste la culpa. Hubieras dado tu vida por Matthew como yo lo hubiera hecho por mi hijo.

–Forde también me dijo que hubiera dado la vida por él –apuntó Melanie.

–Y tiene razón –Miriam le dio unas palmaditas en el brazo–. Y te quiere mucho. Muchas mujeres llegan al final de la vida sin que nadie las haya querido como Forde te quiere a ti. Sabes que puedes confiar en él, ¿verdad?

Pero ¿podía confiar en sí misma? Quería hacerlo. Anhelaba dejar el pasado atrás y creer que podía ser buena madre y esposa, y una persona racional y optimista.

Melanie pensó en aquella conversación con Miriam el día antes de Nochebuena. Estaba acurrucada en uno de los sofás del salón que había acercado a la chimenea para ver una vieja película navideña, aunque no le prestaba atención. Hasta que llegara el nuevo año no volvería a trabajar. Hacía semanas que el suelo estaba duro como una piedra y durante las veinticuatro horas siguientes nevaría.

James y ella habían terminado el proyecto que habían comenzado después del jardín de Isabelle. James se había marchado a Escocia a pasar las fiestas con sus padres. Había invitado a Melanie a ir con él. Le dijo que la casa de sus padres siempre estaba llena de gente en Navidad, por lo que una persona más no se notaría, pero ella rechazó la invitación, así como otras de Isabelle, Miriam y algunos amigos.

Había prohibido acercarse a la única persona con quien deseaba pasar la Navidad. Parte de ella quería llamar a Forde simplemente para oír su voz; pero otra, la más fuerte, no se sentía preparada para lo que eso podría suponer.

Le había comprado una tarjeta de felicitación, que no le mandó porque no sabía qué decirle. Tendría que llamarlo después de las fiestas, porque debía hacerse la siguiente ecografía. Faltaban dos semanas.

Se puso la mano en el vientre, sintió movimiento y sonrió. El bebé estaba vivo, crecía y se movía en su interior. Lo había sentido moverse mucho antes que a Matthew, pero sus amigas con hijos le habían asegurado que siempre sucedía así con el segundo.

Cada vez que sentía los bracitos y piernecitas estirarse se preguntaba cómo iba a ser capaz de dejarle el niño a Forde y marcharse. Cerró los ojos con fuerza pensando que se moriría. ¿Y sería lo mejor para el bebé? Ya no lo sabía. Antes de ver a Miriam estaba segura. Pero cuanto más se entendía a sí misma, más esperanza se atrevía a tener.

—Eres como cualquier otra persona, Melanie –le había dicho Miriam en la última sesión, antes de despedirse–. Algunos pasan por la vida sin tener problemas en tanto que otros se enfrentan a montones desde el primer día. Y aunque sea injusto, es cuestión de suerte. No voy a decirte que el resto de tu vida vaya a ser un camino de rosas, pero lo que sí te digo es que ahora puedes elegir. Puedes quedarte con el lado negativo de las cosas y creer que todo es tristeza y dolor o puedes agarrar la vida por el cuello y someterla. ¿Me entiendes?

–¿Como Cassie y Sarah?

Sarah era la niña en silla de ruedas de las fotografías, la nieta de Miriam. Era muy guapa, con el pelo castaño y rizado y grandes ojos verdes. Había nacido con espina bífida. Cassie, su madre y la hija de Miriam, estaba dedicada a ella. Ese verano le habían diagnosticado esclerosis múltiple, pero, según Miriam, su hija estaba dispuesta a luchar contra la enfermedad hasta el final. Sarah tenía el mismo espíritu, y era una alegría estar con ella.

Miriam reconoció que había llorado amargamente por las dos, pero nunca en su presencia, ya que ni a su hija ni a su nieta les gustaba compadecerse de sí mismas.

–Cassie se deprimió mucho al principio, cuando su hija nació, pero, salvo entonces, y a pesar de la esclerosis, siempre la he visto optimista –Miriam la miró con ojos llorosos–. También tú puedes ser así, Melanie, estoy segura.

Un tronco cayó sobre las brasas y distrajo a Melanie de sus pensamientos. Tenía que ir a por más troncos antes de que oscureciera. Se levantó de mala gana. James la había ayudado a construir un pequeño cobertizo en el jardín para meter los troncos y los sacos de carbón. Ella no había querido perder espacio en el jardín trasero, y como los jardines delanteros de las casas daban a los graneros de una granja, nadie podía ponerle pegas. El cobertizo tenía un aspecto rústico, y una de las paredes era la valla de madera de la casa de al lado.

Cuando abrió la puerta, una ráfaga de aire helado la golpeó. El cielo estaba muy oscuro, a pesar de que solo eran las tres de la tarde. Llenó el cubo que llevaba consigo de carbón, lo llevó dentro y volvió a por troncos. Tomó un puñado, volvió a por más y fue entonces cuando observó un leve movimiento cerca de la valla que había detrás del montón de madera.

Horrorizada ante la posibilidad de que se tratase de una rata, se apresuró a entrar en la casa con el corazón latiéndole aceleradamente. Después de cerrar la puerta se dio cuenta de que debía volver a comprobar qué era. ¿Y si un pájaro u otro animal estuviera atrapado y herido? Teniendo en cuenta que las casas estaban rodeadas de campo, podía ser cualquier cosa.

Se puso el abrigo antes de volver a salir. La temperatura parecía haber descendido algunos grados en cuestión de minutos. No había duda de que los niños verían satisfecho su deseo de una Navidad con nieve. Se agachó dispuesta a salir corriendo si un roedor le saltaba encima.

Pero no era una rata lo que la miraba, sino un gatito de enormes ojos color ámbar que temblaba acurrucado.

–Hola –le susurró al tiempo que extendía la mano y el animal reculaba todo lo que podía–. No voy a hacerte daño. No tengas miedo. Ven, gatito.

Después de varios minutos murmurándole cosas

por el estilo, y cuando ya temblaba de frío tanto como el animal, se dio cuenta de que así no iría a ninguna parte, y de que el gato estaba en los huesos, pero tenía distendido el abdomen, lo que implicaba un embarazo o un tumor. Deseó que fuera lo primero, porque sentía lástima del felino. Fue a la cocina a por un trozo de pollo asado con la esperanza de tentarlo con la comida.

El animal estaba claramente famélico, pero no lo suficiente como para abandonar su santuario.

–No te puedo dejar ahí. Sal, por favor –le suplicó Melanie, a punto de llorar.

Oscurecía muy deprisa y el viento le cortaba la cara como un cuchillo, pero no pensaba abandonar al gato a su suerte. Y si movía el montón de troncos tras el que se escondía, podían caerse y aplastarlo. Tampoco llegaba con la mano para agarrarlo.

–¿Qué demonios haces ahí y con quién hablas, Nell?

Ella se dio la vuelta y allí estaba Forde.

Ya fuera porque estaba helada y se había girado muy deprisa, o porque se sintió muy aliviada al ver que él estaba allí para ayudarla, sintió un pitido en los oídos y pasó de estar agachada a sentarse en el suelo al tiempo que intentaba con todas sus fuerzas no desmayarse. Todo se oscureció a su alrededor.

Capítulo 10

AL FINAL, Melanie no perdió la consciencia. Se dio cuenta de que Forde se arrodillaba a su lado y la abrazaba mientras le decía que respirara hondo y no se moviera. También percibió su maravilloso olor y su contacto sólido y reconfortante. Recuperó la voz cuando él la tomó en brazos y le dijo:

–Voy a llevarte dentro.

–No. Hay un gato que está en peligro –musitó ella.

–¿Un gato? –preguntó él incrédulo–. ¿De qué estás hablando? Estás helada y voy a meterte en casa.

–No –su voz había ganado fuerza y le apartó los brazos cuando él trató de levantarla–. Hay un gato ahí, detrás de los troncos, y está enfermo o es una gata y está preñada. Míralo –dejó que él la ayudara a levantarse–. Mira, ahí. No llego a agarrarlo y está aterrorizado. No podemos dejarlo ahí con este tiempo...

–Vale, vale –muy enfadado, pero menos asustado al ver que ella se había puesto de pie y parecía estar bien, Forde escudriñó las sombras donde ella le había indicado. Y lo vio–. Sí, ya lo veo. ¿Estás segura de que no saldrá y se irá a casa si lo dejamos en paz?

–Totalmente segura. Y no creo que tenga casa. Le ha sucedido algo malo. Le aterran los seres humanos, ¿no lo ves? Y está muerto de hambre.

–Pues a mí me parece gordito.

–Es por la tripa. Por Dios, ¡el resto es un puro esqueleto! Tenemos que hacer algo.

–Muy bien.

En cierto modo, le estaba agradecido al animal. Había ido aquella noche porque había oído que el tiempo iba a ser horrible, lo cual era la excusa que llevaba semanas buscando para verla. Mientras ella estuvo viendo a Miriam no quiso hacer nada para contrariar su deseo de no verlo. Pero ella no podría objetar nada al hecho de que fuera a visitarla para comprobar si tenía suficientes provisiones y estaba preparada para la ventisca que se avecinaba. Por si acaso, había comprado un montón de exquisiteces. Y esperaba que ella lo invitara a tomar algo, pero no que lo recibiera con los brazos abiertos, como había sucedido, aunque se debiera a la presencia de un felino sin hogar.

–¿Qué vas a hacer? –preguntó ella–. Tenemos que ayudarlo.

La miró. Al darse cuenta de que no tendría otra oportunidad como aquella, señaló la casa.

–Ve a abrir y cierra en cuanto el animal entre.

–Pero no vas a poder agarrarlo.

–Lo haré –como había Dios que lo agarraría.

Cuando ella se situó junto a la puerta abierta, Forde estiró la mano hacia el hueco que había entre la leña y la valla. Oyó bufar al gato y sintió que le clavaba las uñas, pero consiguió agarrarlo por el cuello y sacarlo. Se dio cuenta en el acto de que Melanie estaba en lo cierto: el pobre animal estaba en los huesos, pero la tripa la tenía muy hinchada, probablemente por estar llena de crías.

Se había criado con perros y gatos y apretó al animal contra el abrigo mientras le decía cosas tranquilizadoras y trataba de no maldecir cuando le clavaba las uñas. Pero no lo mordió, lo cual ya era algo, dadas las circunstancias, sobre todo porque estaba muerto de miedo.

Cuando entró en la casa, dijo:

–Nell, calienta un poco de leche. Y hay que darle algo de comer –se sentó en un taburete de la cocina aún agarrando al animal–. ¿Tienes una caja de cartón que le sirva de cama?

Ella negó con la cabeza mientras echaba leche en un plato. Después empezó a partir el pollo en trocitos.

–Puedo traer una manta.

–Lo que sea.

La gata se había calmado, pero seguía temblando. Con una mano comenzó a acariciarla y, sorprendido, vio que no se revolvía ni trataba de escapar, sino que se acomodó en su regazo como si estuviera exhausta. ¿Cuánto haría que se las arreglaba sola? En cualquier caso, no le había ido muy bien. Se imaginaba que, al quedarse preñada, sus dueños la habían abandonado.

Melanie le llevó el plato de leche y lo sostuvo frente al animal, que, en cuestión de segundos, dio buena cuenta de ella.

–Pobrecita –dijo ella, al borde de las lágrimas–. ¿Cómo se puede abandonar a una gata tan bonita?

Ella había llegado a la misma conclusión que él sobre el sexo del felino.

–No me lo explico, pero me gustaría quedarme a solas durante cinco minutos con quien haya sido –respondió él en tono sombrío–. Prueba ahora con el pollo. No quiero dejarla en el suelo por si sale corriendo y la asustamos de nuevo al tratar de agarrarla.

Con el pollo pasó exactamente lo mismo que con la leche. Forde se desabrochó el abrigo e introdujo al animal como si fuera un nido.

–Tiene que entrar en calor –le dijo a Melanie–, y al tenerla así le damos a entender que no queremos hacerle daño. Ahora es lo más importante.

–¿Traigo más pollo y más leche? –extendió la mano con precaución y le acarició la cabeza a la gata. El animal se puso tenso durante unos segundos, pero volvió a relajarse. Era evidente que estaba agotado.

–No hay que darle mucho de una vez porque lo vomitará si lleva mucho tiempo sin comer. Dentro de un par de horas volveremos a intentarlo.

Ella asintió y lo miró a los ojos.

–En mi vida me he alegrado más de ver a alguien –dijo con sinceridad–. No sabía qué hacer.

Él se dijo que no se alegraba de verlo a él concretamente, pero volvía a ser mejor que nada.

–He dejado mi caballo blanco en el aparcamiento, pero me alegra saber que aún soy capaz de ayudar a una doncella. Por cierto, debo ir a recoger algunas cosas al coche.

–¿Qué cosas?

–Quería asegurarme de que tenías suficientes provisiones para el mal tiempo que se avecina –teniendo en cuenta lo bien que había resuelto lo de la gata, se arriesgó a probar suerte–. Y esperaba que pudiéramos cenar juntos –añadió en tono despreocupado– antes de volverme a casa.

Melanie lo miró solemnemente.

–Será estupendo –se limitó a decir.

La gata decidió ponerse a ronronear en ese momento, y Forde supo exactamente cómo se sentía. Para ocultar su júbilo, sonrió y dijo:

–Escúchala. Es una buena gata. A pesar de lo que le ha pasado, sigue dispuesta a confiar en nosotros.

–Voy a preparar café. Lo siento, pero es descafeinado.

–No importa –aunque le hubiera ofrecido barro mezclado con agua le hubiera parecido bien.

Se bebió el café con la gata aún dentro del abrigo. Se había quedado profundamente dormida.

Hablaron de cosas intrascendentes. En el exterior, el viento había cobrado fuerza, aullaba y golpeaba los cristales de las ventanas.

Al cabo de un rato, Melanie fue a buscar una manta e hicieron la cama a la gata en la cesta de plástico de la ropa sucia. Le dieron más pollo y leche antes de que él se sacara el animal del abrigo y lo depositara con cuidado en la cesta. Melanie la había colocado cerca del radiador de la cocina.

–Es muy joven –afirmó Forde mientras ambos miraban al animal–, pero ya va a tener gatitos. Y, si no me equivoco, será muy pronto.

–¿Cuándo? –preguntó ella, alarmada.

–Es difícil saberlo. Puede ser dentro de unas horas o de unos días.

–Pero ¿habrá tiempo de llevarla al veterinario?

–Es posible que se asuste. ¿A qué distancia está el más próximo?

–No tengo ni idea.

–Pues consulta la guía telefónica mientras voy al coche a por las cosas –miró el reloj–. Son casi las cinco, pero aún estarán trabajando. Llamaré para preguntar si pueden hacer una visita a domicilio.

–¿Lo harán sin conocernos? No somos clientes.

–No lo sabremos hasta que se lo preguntemos.

Sin pensárselo dos veces, ella le rodeó el cuello con los brazos y lo besó con fuerza. Se separó y retrocedió antes de que él pudiera reaccionar.

Él la miró atónito.

–¿Y eso?

–Por preocuparte.

–¿Por la gata?

–No solo por ella –contestó Melanie con voz suave.

Algo le indicó a Forde que no debía presionarla en aquel momento.

–Voy a traer la comida. Busca el número del veterinario.

Cuando él llamó a la clínica, situada a unos veinticinco kilómetros de casa de Melanie, la recepcionista no se mostró muy servicial, aunque al final, ante su insistencia, le pasó con una de las veterinarias.

La mujer era joven, recién licenciada y entusiasta, a lo cual Forde añadió su considerable encanto, además de ofrecerse a pagar la visita por teléfono con tarjeta de crédito, así como cualquier otro gasto adicional en metálico antes de que la veterinaria saliera de casa de Melanie.

Esta, mientras lo oía hablar, se convenció de que había sido su encanto lo que hizo que la veterinaria le asegurara que estaría allí al cabo de una hora.

Cuando Forde comenzó a sacar la comida de las bolsas, ella se quedó asombrada de todo lo que había comprado: un jamón cocido, un pavo pequeño, una bandeja de canapés de delicioso aspecto, una empanada de cerdo, toda clase de quesos, mermeladas, un bizcocho de Navidad, una caja de magdalenas de chocolate, pastelillos de carne, hortalizas, frutos secos, fruta...

–Con esto comería una familia entera durante una semana –afirmó ella cuando la última bolsa quedó vacía–. ¿Todo esto solo para mí? ¿Qué te ha dado?

–He debido de suponer que tendrías visita –le sonrió mientras ella comenzaba a meter cosas en la nevera.

–¿Visita? –lo miró con las mejillas encendidas.

Él le señaló la gata con la cabeza.

–Ah, claro, pero no va a comer mucho –por un momento había creído... Pero no, él no se autoinvitaría a quedarse, si se atenía a las reglas que le había impuesto. Si ella hubiera querido que pasasen la Navidad juntos, se lo habría pedido. ¿Lo deseaba? O más exactamente, ¿deseaba lo que eso implicaría después de Navidad? Porque una cosa era segura: no podía seguir jugando con su corazón. Tenía que estar segura; y no lo estaba. ¿O sí?

–Ya verás. Va a tener crías a las que tendrá que alimentar, y tiene que recuperar el tiempo perdido.

Como si supiera que estaban hablando de ella, la gata se despertó, se estiró y se levantó. Cuando Forde la sacó de la cesta, no forcejeó, sino que maulló suavemente.

Melanie se apresuró a calentar más leche y a cortar más pollo, y Forde dejó a la gata en el suelo para que comiera. Dejó limpios ambos platos, volvió a estirarse y se dirigió a su cama, saltó dentro de la cesta, se instaló en ella y los miró.

Melanie se agachó a su lado y la acarició.

–Es muy guapa –murmuró– y muy valiente. Debe de haber estado desesperada al saber que sus hijos iban a nacer sin tener comida ni un lugar donde refugiarse. Es un milagro que haya sobrevivido.

La gata comenzó a ronronear, y Melanie tuvo ganas de llorar. ¿Cómo podían haberla tratado con tanta crueldad abandonándola en invierno y sabiendo que la probabilidad de que ella y las crías sobrevivieran era mínima?

–Ahora te ha encontrado –dijo Forde–, y sabe que la cuidarás.

Llena de emoción, Melanie lo miró. Sintió que estaba al borde de algo muy profundo.

–¿Crees que debo quedarme con ella?

–Sí, necesita a alguien que la quiera incondicionalmente.

Melanie se tragó las lágrimas.

–Pero es tan frágil y está tan delgada... No sé si sobrevivirá al parto. ¿Y qué pasará con los gatitos? Si la madre ha pasado hambre, ¿cómo serán?

–No te adelantes a los acontecimientos. Creo que es más fuerte de lo que aparenta. No vayas a fallarle.

–No lo haré –respondió ella levemente indignada–. Es lo último que se me ocurriría.

–Muy bien –él sonrió–. En ese caso, tiene posibilidades de salir adelante.

Llamaron a la puerta. La veterinaria era una mujer grande y pechugona, de mejillas sonrosadas y manos enormes, pero de una delicadeza extrema con la paciente. La gata se dejó hacer dócilmente. Cuando acabó de examinarla, la veterinaria hizo un gesto negativo con la cabeza.

–Me sorprendería que tuviera más de un año. Es casi un gatito, lo cual es un problema por varias razones. Es posible que le resulte difícil parir y en su estado no tiene mucha fuerza. Al estar tan desnutrida, no sé si su leche será buena para los gatitos, en el caso de que sobrevivan al nacimiento. Pero es un animal muy bonito, ¿verdad?

–¿Qué se puede hacer para ayudarla de forma inmediata? –preguntó Forde.

–Lo que más necesita es descanso y comida. Y es importante que esté caliente. Venga conmigo a la clínica y le daré comida especialmente preparada para hembras preñadas y madres que alimentan a sus crías. Ahora voy a ponerle una inyección de vitaminas y cuando esté algo más fuerte habrá que vacunarla contra la gripe y otras enfermedades. De momento, si la mantienen encerrada, no entrará en contacto con otros felinos que puedan contagiarla. Creo que parirá muy pronto, aunque es difícil saberlo en un caso como este. Si se pone de parto y están preocupados, llámenme. Les dejaré el número de mi teléfono móvil –sonrió–. Seguro que comenzará en cuanto me siente a la mesa para la comida de Navidad.

–Es usted muy amable –afirmó Melanie.

–Se trata de un caso excepcional –le aseguró la joven–. No quiero ni imaginarme lo que habrá sufrido en las últimas semanas. Durante las próximas veinticuatro horas, que coma y beba todo lo que quiera cada poco tiempo. Pero les prevengo que tiene pocas posibilidades de que las crías nazcan vivas. Puedo darles vitaminas para que se las pongan en la comida, pero me temo que es un poco tarde.

Melanie asintió.

–De todos modos, queremos intentarlo.

–Muy bien. Acarícienla, háblenle y denle mucho afecto. Ningún libro de veterinaria les recomendará eso, pero, en mi opinión, obra milagros con animales maltratados. Entienden más de lo que creemos.

La veterinaria les dio algunas instrucciones más y se marchó con Forde. Melanie se quedó con Tabitha, que era como había decidido llamar a la gata.

Antes de marcharse, Forde había llevado la cesta al salón y la había colocado frente a la chimenea. Después de comer algo más, la gata se durmió. Melanie trató de ver la televisión, pero toda su atención estaba concentrada en el animalito.

La veterinaria le había explicado las señales que indicaban el comienzo del parto. Melanie rogó que no sucediera nada antes de que Forde volviera. Él sabría qué hacer; siempre lo sabía.

Fue inmenso el alivio que experimentó cuando oyó que la llamaba al abrir la puerta con la llave que le había dado. Salió corriendo al recibidor y le preguntó atropelladamente:

–¿Tienes todo? ¿Le damos la comida especial ahora mismo?

Se detuvo a tomar aliento.

Forde la miró con expresión divertida.

–Sí, sí –respondió.

Estaba increíblemente sexy. Antes de darse cuenta de lo que decía, le espetó:

–¿Te quedas esta noche por si pasara algo?

Él sonrió dulcemente.

–No pensaba dejarte sola, Nell. Ahora vamos a darle de comer a la paciente y después comeremos nosotros. Algo fácil y rápido, como huevos con jamón. ¿Tienes un edredón de sobra para mí y una almohada para el sofá?

–No cabes en el sofá. Me quedaré yo aquí abajo con la gata.

–Tienes que dormir –le miró el vientre–. Ya me las arreglaré. Y ahora vamos a ver si le gusta esta comida más que el pollo.

Cuando abrieron la lata, la comida olía muy mal. Predominaba el olor a pescado, pero Tabitha se zampó un plato sin respirar.

–Es caviar para gatos –comentó Forde–. Por el precio, desde luego. Voy a dejar el negocio inmobiliario y a dedicarme a la comida para felinos.

Melanie sonrió. Se sentía muy bien teniéndolo allí. Y no solo por Tabitha.

Comieron en la mesa del comedor. Melanie se

alegró de haber quitado todos los papeles y haber colocado un centro de mesa navideño. Eso, y el árbol de Navidad que había puesto en el salón, daba la impresión de que se había esforzado.

En realidad, nunca había tenido menos ganas de celebraciones, al menos hasta que oyó la voz de Forde.

Melanie insistió en poner la cesta de la gata donde pudieran verla mientras comían. Al acabar llevó el café y las magdalenas de chocolate que había comprado Forde al salón mientras él llevaba a Tabitha, a la que volvió a colocar frente a la chimenea.

Las magdalenas estaban deliciosas. Ella se tomó tres y miró horrorizada a Forde.

—No voy a caber por la puerta antes de que nazca el bebé. Se me han quitado las náuseas y solo pienso en comer. En cuanto acabo de desayunar pienso en la comida, y luego en la cena. La Navidad no me ayuda precisamente, con todas las tentaciones que despliega.

—A mí siempre me parecerá que estás estupenda —le levantó la barbilla y le lamió una mancha de chocolate de la comisura de los labios antes de besarla. Los labios de ella, cálidos y suaves, le devolvieron el beso mientras le subía la mano por la espalda y la enredaba en sus cabellos.

Él la besó más profundamente. Después pasó de la boca a la garganta y al escote.

Ella ahogó un grito y él alzó la cabeza para mirarla.

—Te deseo —murmuró—. Te deseo todo el tiempo: cuando trabajo en mi escritorio, en el coche, en casa, cuando como o me ducho. No hay un solo minuto del día en que no piense en ti. Te llevo en la sangre, ¿lo sabes? Y te llevaré toda la vida. Es una dulce adicción contra la que no puedo luchar.

–¿Quieres hacerlo? –le preguntó ella con voz débil.

Él esbozó una sonrisa agridulce.

–Ha habido veces en que he pensado que sufriría menos si lo hiciera, pero no, no quiero hacerlo.

Entonces fue ella la que lo besó, y el cuerpo de él vibró ante su contacto. Le acarició los senos y se detuvo en los endurecidos pezones.

Ella no protestó cuando le quitó el vestido. Tenía los pechos más llenos. Su vientre, ya algo hinchado, lo dejó sin aliento. Su cuerpo cambiaba para adaptarse a su hijo. Sintió una oleada de amor posesivo que le dificultó la respiración.

–Forde...

–Eres tan hermosa, Nell –susurró él con los ojos brillantes de lágrimas que no llegó a derramar–. Tan hermosa...

Se desvistieron el uno al otro lentamente, acariciándose y besándose mientras lo hacían, hasta quedar desnudos y temblorosos de deseo. Ella se puso encima de él sobre el sofá, que era donde estaban tumbados, se sentó a horcajadas y se deslizó por el orgulloso miembro masculino en erección.

El interior de ella era cálido e increíblemente suave, y, cuando Melanie comenzó a moverse, él trató de controlarse para que alcanzaran juntos el clímax. Observó el placer de su rostro con el cuerpo temblando a causa de la tensión de los músculos para no alcanzar la liberación que estaba deseando.

Sintió que ella llegaba a la cumbre y la acompañó en aquella oleada de pura sensación.

Ninguno pudo hablar hasta segundos después de que ella se hubiera acurrucado sobre él.

–¡Vaya! –murmuró él con voz ronca–. Dime que no es un sueño y que no me voy a despertar dentro de un minuto en mi casa.

–Es real –ella se estremeció y él agarró un chal que había en el respaldo del sofá para envolverlos en él.

Ella se durmió al cabo de unos segundos. Él miró la cesta. La gata también dormía entre los pliegues de la manta. Su cuerpecito apenas se movía al respirar.

«Te debo una», pensó. «Y ahora que me has hecho llegar hasta aquí, no voy a marcharme».

La habitación se había llenado de sombras producidas por las llamas de la chimenea y las luces del árbol de Navidad, que creaban un ambiente cálido y relajante. En el exterior, el viento continuaba gimiendo y aullando, y lanzaba el aguanieve contra los cristales de las ventanas con tal saña que la habitación parecía aún más cálida y acogedora.

Forde apretó a Melanie contra sí y se durmió.

Capítulo 11

UNA VIBRACIÓN distante sacó a Melanie de un dulce sueño. Abrió los ojos y descubrió que estaba tumbada con la mejilla apoyada en el pecho de Forde y el cuerpo acurrucado a su lado, como un animalito que se hundiera en la fuente de su comodidad. Los latidos del corazón masculino todavía le resonaban en la cabeza.

Evitó pensar durante unos segundos y disfrutó del olor de Forde y de que él estuviera allí, con ella. El bebé se movió como si supiera que su padre estaba cerca.

Melanie sonrió para sí ante sus imaginaciones.

Alzó la cabeza con precaución para mirar a Tabitha. Forde y ella debían de haber dormido una hora, más o menos, pero la gata seguía plácidamente dormida. La veterinaria les había dicho que la mejor medicina era la comida y el descanso. Si pudieran proporcionárselos durante unos días antes de que pariera, tal vez los gatitos y la madre sobrevivirían.

Rezó en silencio.

«Por favor, Señor, que todo acabe bien. Quiero un final feliz por una vez en la vida. No es más que una gatita. No te la lleves antes de que su vida haya empezado de verdad. Y deja que los gatitos vivan y jueguen y sientan el sol en verano. Por favor».

Forde le había dicho que Tabitha sabía que la cuidarían y que necesitaba que alguien la quisiera incondicionalmente. En aquel momento supo por qué sus palabras la habían impresionado tanto. Así se había portado Forde con ella. Desde el primer día había antepuesto las necesidades de ella a las suyas, en el dormitorio y fuera de él, y la había amado sin límites y sin reservas.

Inspiró mientras se estremecía. Pensaba con una claridad que no había tenido desde hacía meses.

Después de que Matthew muriera, el sentimiento de culpabilidad y los remordimientos habían conseguido que se encerrara en sí misma. Estaba tan inmersa en sentirse culpable y en condenarse, tan convencida de que llevaba la mala suerte a los demás y de que Forde estaría mejor sin ella, que no había tenido en cuenta la posibilidad de estar equivocada. Había sido una egoísta al no darse cuenta de que también él sufría. Había aprendido mucho sobre sí misma en las semanas de terapia con Miriam, y algunas cosas habían sido difíciles de aceptar.

Pero Forde no la veía como ella se veía. La quería con locura, tal como le había dicho que Tabitha necesitaba ser querida: incondicionalmente. Cuando ella lo abandonó, él le dijo que nunca renunciaría a ella, que, aunque se divorciaran y ella se marchara al otro extremo del mundo, no dejaría de intentar hacerla entrar en razón para que volviera. Entonces se había sentido aterrorizada, pero en aquel momento...

Alzó la cabeza y miró su rostro mientras dormía.

En aquel momento le estaba humilde y eternamente agradecida.

Se llevó la mano al vientre, donde estaba su hijo. Nunca podría dejar a aquel niño ni a su padre. ¿Cómo se le había ocurrido pensarlo ni por un instante? En el fondo de su corazón siempre había sabido que no tendría fuerzas para renunciar a su hijo. Eso era lo que la había aterrorizado al saber que estaba embarazada, porque entonces seguía creyendo ser una maldición para sus seres queridos.

¿Y qué creía en aquellos momentos? Porque, si volvía con Forde, tenía que ser en cuerpo y alma. Había pedido un final feliz para Tabitha, pero debía creer que también había uno para ella, creer que podía confiar en Forde y ofrecerle esa parte de ella que siempre había ocultado. ¿Podría hacerlo?

Oyó un ruido y volvió a levantar la cabeza. La gata se había despertado y no dejaba de dar vueltas en la cesta. Lanzó un maullido, dio un salto y desapareció tras el otro sofá.

Melanie se incorporó bruscamente y despertó a Forde, que masculló medio dormido:

–¿Qué demonios pasa, Nell?

–Creo que Tabitha va a tener los gatitos –había miedo en su voz–. Es demasiado pronto, Forde. Quería que durante unos días descansara y se alimentara bien. ¿Qué vamos a hacer?

Forde se incorporó.

–¿Dónde está? –preguntó mientras miraba la cesta vacía.

–Detrás del otro sofá. La veterinaria nos dijo que era posible que se escondiera.

Él se levantó, completamente desnudo, y cruzó la habitación para mirar detrás del sofá.

Nell tenía razón. La gata estaba haciendo lo que la veterinaria les había dicho. Aunque esperaban que el parto se pospusiera unos días, el tiempo se había acabado.

–Es demasiado pronto –repitió Melanie al tiempo que resurgían sus antiguos miedos y dudas.

Forde le acarició la mejilla.

–No te dejes llevar por el pánico. Tabitha sabrá qué hacer. Los animales son tremendamente sensibles a ese respecto. Trae un poco de leche templada y algo de comida. Ahora, vístete. Sé buena chica.

En la cocina, Melanie se dio cuenta de que el aguanieve se había convertido en nieve mientras Forde y ella dormían, y ya había cuajado. Los copos eran enormes y el cielo estaba plomizo. Si la tormenta continuaba como hasta entonces, no era probable que la veterinaria pudiera llegar a la casa, si la necesitaban.

Se quedó unos instantes mirando por la ventana y mordiéndose el labio superior, pero se dijo que no le pasaría nada a Tabitha. No quería pensar lo contrario. Y los gatitos también estarían bien.

La gata bebió la leche que le depositaron en su escondite, pero no tocó la comida. A medida que los maullidos aumentaron de intensidad, Melanie tuvo que hacer un esfuerzo para sentarse y dejar de deambular por la habitación.

Forde salió a por más leña y carbón y, cuando entró, Melanie le dijo:

–Ya lo sé –refiriéndose a su gesto hacia la ventana para indicar el tiempo que hacía.

Tres horas después nació el primer gatito. Forde estaba tumbado en el suelo mirando debajo del sofá. Tabitha cortó con habilidad el cordón umbilical y comenzó a lamer a la cría por todo el cuerpo. Cuando vio que esta se movía respiró aliviado, más por Melanie que por el gato.

Otro gatito nació poco después, y cuando vieron que Tabitha hacía lo mismo que con el primero, ella susurró:

–Mírala, va a ser una madre estupenda. Y los gatitos están vivos y parecen estar bien.

Él la miró, tendida a su lado en la alfombra. Estuvo a punto de decirle que aún podían salir mal muchas cosas. Quedaban más crías por nacer y tal vez no tuvieran la suerte de las primeras. Incluso cabía la posibilidad de que Tabitha, exhausta, no pudiera seguir soportándolo mucho más tiempo. Pero la miró a los ojos y algo en ellos le impidió hablar. Le agarró las manos.

Se produjo una espera que les pareció interminable. No se atrevían a moverse, pero, entonces, nació el tercer gatito, y Tabitha hizo lo mismo que con los anteriores. Pero esa vez, después de lamerlo a conciencia, lo agarró y saltó a la cesta, donde lo depositó, procedimiento que repitió con las otras dos crías. Después comió algo y bebió un poco de leche, y fue a tumbarse con las crías.

–¿Crees que ya está? ¿Que solo son esos tres? –Melanie se dio cuenta de que tenía tortícolis. Estaba agotada, pero también sentía una alegría que no podía expresar con palabras.

–Eso parece –Forde trató de ocultar su alivio ante lo bien que había salido todo.

Parecía que Tabitha se las había arreglado a pesar de su mal estado de salud. Las crías se habían aferrado a las tetillas de la madre. Forde agradeció a la Madre Naturaleza que solo le hubiera dado tres crías, ya que tendrían más posibilidades de sobrevivir que si hubiera habido más.

–¿Y ahora qué hacemos? –Melanie se sentó y estiró el cuello dolorido–. No me gusta la idea de dejarla sola.

–Parece que Tabitha se ha ganado un merecido descanso –Forde se puso de pie y la ayudó a levantarse–. Vete a dormir y yo me quedaré a vigilarla.

Melanie miró a su marido y supo lo que tenía que decir.

–O puedes subir la cesta al piso de arriba y ponerla cerca del radiador del dormitorio, por si nos necesita. Podemos subir leche y comida y dejarlas cerca de la cesta, por si acaso tiene hambre durante la noche.

Forde la miró con expresión interrogante.

–No quiero dormir sola ni una noche más –prosiguió ella en un susurro–. Me he equivocado en muchas cosas, Forde. Supongo que en mi fuero interno lo sabía, pero al ver a Miriam todo ha salido a la luz, todos los miedos y dudas. Quiero... Quiero que estemos juntos, no solo esta Navidad, sino el resto de la vida y...

No pudo continuar porque él la levantó del suelo

con un abrazo. La besó como si el futuro no existiera y ella lo hizo del mismo modo, aferrándose a él con tanta fuerza que apenas lo dejaba respirar.

Al cabo de unos minutos, él la depositó en el suelo y la llevó al sofá, donde la sentó en su regazo.

–¿Estás segura? –le preguntó en voz baja–. Me refiero a que si todos los miedos y dudas han desaparecido.

Él se merecía que le dijera la verdad. Le acarició la cara.

–Quiero estar segura –afirmó ella con sinceridad–. Ahora me conozco mucho mejor, pero supongo que todavía no he acabado de hacerlo. Esta noche me he asustado mucho a causa de Tabitha.

–Yo también, Nell. Es natural –la besó en los labios con fuerza–. Es normal que cuando se quiere a alguien se tema perderlo. Supongo que es la otra cara de la moneda. Pero la cara buena hace que merezca la pena lanzarla, ¿me entiendes? –volvió a besarla–. Y en la mayoría de los casos, la cara buena compensa todo lo demás. Tuviste una infancia difícil y desarrollaste un mecanismo para mantener a los demás a distancia, de modo que no te hicieran daño ni tú a ellos. Lo entiendo. Y entonces aparecí y todo cambió. Si las cosas hubieran sido distintas con Matthew, de todas maneras, antes o después, hubieras tenido que hacer frente al hecho de que necesitabas sacar a la luz los problemas que habías enterrado en tu interior. Pero hubiera sucedido de forma más lenta y natural.

–Pero tuvo lugar el aborto y Matthew murió –afirmó ella.

Le seguía doliendo tanto como antes, pero la naturaleza de la pena había experimentado una sutil modificación en las semanas anteriores. Era igual de intensa, pero más soportable porque el sentimiento de culpabilidad había desaparecido. Podía llorar a su niño sin tener que castigarse cada día, a cada segundo.

–Sí, murió –dijo él con voz emocionada–. Y siempre nos lo reprocharemos porque, en un accidente de esa naturaleza, siempre hay motivos para hacerlo. No eres la única que se ha echado la culpa. Yo sabía que no te sentías bien ese día. Podía haberme quedado en casa. ¿Qué importancia tenía el trabajo comparado con nuestro hijo y contigo? Y Janet también se lo ha reprochado. Hubiera deseado haberse quedado contigo mientras comías y después haberse llevado la bandeja. Pero ninguno de nosotros sabía lo que iba a suceder.

Melanie asintió. ¿Cuántas veces había deseado retroceder en el tiempo hasta la mañana del accidente y hacer las cosas de otro modo? Innumerables. Había revivido cada minuto de aquella fatídica mañana hasta creer que iba a perder el juicio.

Tenía que parar. Y hacerlo de una vez. Debía ser fuerte por el nuevo bebé y por Forde, y también por Matthew. Tenía derecho a que lo recordaran con amor y devoción y, sí, con dolor también, pero el recuerdo de su amado hijo había estado a punto de ser destruido por su corrosivo sentimiento de culpabilidad.

–Era precioso –murmuró con los ojos llenos de lágrimas.

–Y tan pequeño –afirmó Forde con voz ronca–. No pesaba nada en mis brazos.

Ella apoyó la frente en la de él y sus lágrimas se mezclaron. Pero, por primera vez desde la muerte de Matthew, fueron lágrimas reparadoras. Al cabo de un largo rato en que permanecieron abrazados, ella dijo en voz baja:

–Te quiero. Siempre te he querido y siempre te querré. Quiero que lo sepas. Eras la otra parte de mí, mi mejor parte.

–En absoluto –él la besó con fiereza–. En mi opinión, eres perfecta. Nunca lo olvides. Y nunca te haré daño, Nell. Puede que a veces me equivoque. Puede que incluso a veces te vuelva loca, pero nunca te haré daño. Tendremos hijos –le puso la mano en el vientre durante unos segundos–, y nietos. Y si Dios quiere, envejeceremos juntos. ¿Qué te parece?

–Muy bien –ella le sonrió con expresión soñadora, pero, en ese momento, el estómago comenzó a hacerle ruidos tan fuertes que él se echó a reír–. No puedo evitarlo –protestó ella–. Llevo horas sin comer y tengo hambre.

–¿Y si te preparas para acostarte y mientras subo la cena para los dos? –le sugirió él–. Y mañana nos levantaremos tarde, tomaremos el desayuno en la cama e incluso la comida.

–Se te ha olvidado el tentempié de media mañana.

–Ese también –le sonrió.

Se sentía un poco mareado al saber que la pesadilla de los últimos meses había terminado. Aquella tarde había llegado sin expectativas más allá de cenar juntos antes de volver a casa. Aunque tenía esperanzas, desde luego. Esperaba que las cosas hubieran cambiado para Melanie, después de haber visto a Miriam; que con la llegada del nuevo bebé, ella se diera cuenta de que este tenía dos progenitores que se querían y que no debieran estar separados. Sin embargo, no sabía cuánto tardaría en dominar por completo sus miedos. Pero, al fin y al cabo, era Navidad, un tiempo de milagros.

Cenaron un poco de todo lo que había. Forde lo subió en una bandeja después de haber instalado a Tabitha y a las crías al lado del radiador. Tomaron rebanadas de pan de hogaza, canapés y quesos de distinto tipo, empanada de cerdo y dos enormes trozos del bizcocho de Navidad.

Acurrucada a su lado en la cama mientras la nieve caía en gruesos copos y Tabitha y los gatitos dormían profundamente, Melanie pensó que había sido la mejor cena de su vida.

Después, ya saciados, volvieron a hacer el amor lenta y sensualmente, sin la urgencia de la vez anterior.

Ella se acurrucó en los brazos de Forde mientras él la apretaba contra su corazón, y deseó que aquella noche fuera eterna. En cuestión de horas, su vida había cambiado por completo. Además, mientras hacían el amor se había sentido más cerca de Forde que en el pasado. Tal vez se debiera a que habían superado una dura prueba y habían salido fortalecidos, pensó adormilada. O tal vez a que, por primera vez, se había visto frente a él como su igual en el plano mental y en el emocional, sin guardarse nada en su interior. Con la guardia baja y las defensas recogidas, había dejado a un lado todas las inhibiciones.

Abrió los ojos por última vez para observar a Tabitha y a los gatitos, y sonrió al verlos mamar con afán. Se les había secado y esponjado el pelo, por lo que ya parecían crías de gato. Parecía que uno era de color más claro que los otros dos, pero, debido a la escasa iluminación de la habitación, era difícil saberlo. Pero los tres tenían buen aspecto aunque, desde luego, era demasiado pronto para cantar victoria.

Mientras cerraba los ojos se dijo que tenían que vivir. Tabitha se había portado estupendamente y había sido muy valiente. Después de todo lo que le había pasado, se merecía la satisfacción de criar a sus hijos.

Se quedaría con la gata y las crías. La casa de Forde tenía un gran jardín, perfecto para los cuatro gatos. Ya veía a los gatitos jugando, persiguiéndose por el césped y trepando a los árboles.

En verano, los cuatro se tumbarían al sol o buscarían un sitio fresco a la sombra. Mientras la vencía el sueño se juró que Tabitha no volvería a pasar hambre ni a sentirse no querida o despreciada. Eso no sucedería mientras ella viviera.

Melanie se despertó la mañana de Nochebuena porque la estaban besando profunda y apasionadamente. Abrió los ojos. La habitación estaba llena de luz y Forde le sonreía vestido únicamente con el delantal de ella.

–Su desayuno, señora –le indicó la bandeja que se hallaba en la mesilla y en la que había un desayuno inglés completo con tostadas con mermelada y zumo de naranja–. ¿Desea algo más la señora?

Ella nunca se hubiera imaginado que un simple delantal de plástico pudiera resultar tan erótico. Al recordar los sucesos de la noche anterior se incorporó apoyándose en un codo.

–¿Y Tabitha?

–Ha comido y está muy bien, al lado del radiador de la cocina con las crías, que asimismo están muy bien. Me asusté un poco al despertarme porque la cesta estaba vacía. Los encontré al fondo de tu armario, acurrucados sobre un jersey y los puse de nuevo en la cesta. Parece que ella se ha conformado y que ha aceptado que es ahí donde deben estar.

–En ese caso, sí deseo algo más.

Forde llevaba el delantal atado a las caderas y ella se deleitó observando cómo le descendía el vello desde el pecho al ombligo. Nunca le había parecido más sexy. Ella abrió los brazos, y se los enlazó al cuello y tiró de él para que se tumbara a su lado en la cama.

–Te quiero –le susurró antes de besarlo con ganas–. Mucho.

–A mí no me bastan las palabras para decirte lo que siento por ti –le tomó la cara entre las manos y la miró a los ojos–. ¿Sabes que no voy a volver a consentir que te vayas? Pase lo que pase, sea lo que sea lo que el futuro nos reserve, estaremos juntos, en los buenos tiempos y en los malos. No cambiaré de opinión.

–De acuerdo –lo volvió a besar.

–Y después del día de Navidad, te llevaré a casa. Y nada de protestas –dijo él con suavidad.

–A mí, a Tabitha y a los gatitos –afirmó ella puntuando cada palabra con un beso–. Ahora son nuestros. Siempre he querido tener una mascota. No me imaginaba que tendría cuatro de una vez.

–¿Nos vamos a quedar con todos?

–Pues claro. Tabitha se lo merece.

–¿Y yo? –murmuró él con voz ronca al tiempo que la apretaba contra sí para que ella percibiera cada milímetro de su excitación–. ¿Qué me merezco?

–Todo –susurró ella.

–En ese caso...

La besó hasta que la sintió latir de deseo y la acarició y le dio placer hasta verla temblar en sus brazos.

Cómo se las había arreglado para existir todos aquellos largos y solitarios meses sin él fue lo que ella se preguntó. Pero eso era lo único que había hecho: existir. En cambio, eso era vivir, estar con él, sentirlo, amarlo.

Y no todo tenía que ver con el sexo, por fabuloso que fuera. Era la ternura con la que él la envolvía, su preocupación por ella, la paciencia y el amor que le había demostrado desde que se conocieron. Incluso cuando Matthew les fue arrebatado, él no le había echado la culpa en ningún momento, sino que había dejado a un lado su pena y su dolor para consolarla. Lo quería tanto...

Le devolvió cada beso, cada caricia, y cuando él,

finalmente, le separó las piernas, ella necesitaba tenerlo dentro de sí. Se movieron juntos al tiempo que
ella lo abrazaba con fuerza, y el exquisito placer fí-
sico les hizo alcanzar nuevas cimas. Llegaron juntos al clímax, en perfecta unidad, y las sucesivas
oleadas de placer les hicieron gritar.

Permanecieron abrazados mientras volvían a la
realidad y desaparecían los últimos restos de placer.

Forde sonrió mientras le recorría los labios con
la punta del dedo.

—El desayuno se ha enfriado —murmuró besándola en la nariz.

—Estará bueno de todos modos. Cualquier cosa
me sabría bien en estos momentos —le contestó, y
cuando sintió que el bebé se movía con más fuerza
que antes, le agarró la mano y se la puso en el vientre—. ¿Lo sientes?

El rostro masculino se iluminó.

—Creo que sí, levemente, pero sí.

—Es nuestro hijo, Forde —y al decirlo se dio
cuenta de que el miedo había desaparecido.

Capítulo 12

VOLVIÓ a nevar justo antes de comer, pero Forde había abierto un camino hasta el cobertizo del carbón y la leña, y en la casa se estaba caliente y confortable.

Pasaron la mayor parte del día abrazados frente a la chimenea, viendo la televisión, comiendo las provisiones que él había llevado y observando a Tabitha y a los gatitos.

La gata comía como un caballo. Se diría que intentaba recuperar el tiempo perdido, y los tres gatitos parecían bastante fuertes, si se consideraba el estado en que se hallaba la madre poco antes de que nacieran.

A media tarde, cuando ya había dejado de nevar, les sorprendió que llamaran a la puerta. Era la veterinaria. Se había embutido las robustas piernas en unas botas de agua y unos gruesos pantalones, además de ponerse una gruesa cazadora, todo lo cual hacía que pareciera abultar el doble.

–Acabo de hacer una visita a una granja no muy lejos de aquí y he pensado en pasarme a verlos –afirmó alegremente, como si no hubiera varios centímetros de nieve–. ¿Cómo está la paciente?

Melanie le preparó un café mientras examinaba

a Tabitha y a las crías. Les dijo que tanto la madre como los gatitos se encontraban muy bien teniendo en cuenta que todas las probabilidades estaban en su contra.

–El pequeño de color rojizo es macho –prosiguió mientras le devolvía el gato a Tabitha, que lo lamió a conciencia–. Los dos de color blanco y negro son hembras. Como parece que la gata es muy buena madre, vamos a dejarla sola de momento. Los gatitos tienen la tripa llena y no parecen tener hambre.

Se bebió el café de un trago y se dispuso a marcharse. Al salir añadió:

–Bien está lo que bien acaba. Y me alegro.

Forde le apretó la mano a Melanie.

–Sí –afirmó–. Bien está lo que bien acaba. Feliz Navidad.

El día de Navidad se despertaron muy tarde, a pesar de que se habían acostado pronto, pero no para dormir. Habían hecho el amor de forma juguetona e intensa, ambos deseando que la noche no acabara, hasta que, de madrugada, justo antes del alba, se habían quedado dormidos, abrazados.

La mañana estaba clara y despejada, el cielo, azul y transparente, y el paisaje era una blanca postal navideña. En la lejanía se oían débilmente las campanas de la iglesia. El mundo parecía haber renacido con un manto de blancura.

Forde se levantó, bajó al piso inferior a ver cómo estaba Tabitha y preparó café, que subió a la cama después de encender el horno para que se fuera haciendo el pavo. Melanie se sentía perezosa. Su aspecto lánguido desapareció cuando vio el pequeño regalo, bellamente envuelto, que había junto al café y la tostada.

Se sentó bruscamente en la cama y dijo con voz quejumbrosa:

–Forde, no te he comprado nada. Y no deberías haberme traído nada.

–Claro que sí –le sonrió–. Además, yo te llevaba ventaja, ya que sabía que iba a venir. Iba a dejarlo en algún sitio para que lo encontraras después de haberme ido. No esperaba que te echaras en mis brazos y me pidieras ayuda, lo cual me ha resultado muy agradable, me apresuro a añadir.

–¿Qué es?

Se sentó con ella en la cama y le entregó el regalo.

–Míralo tú misma, pero antes... –la tomó en sus brazos y la besó–. Feliz Navidad, cariño.

Ella desató la cinta y quitó el papel. Después abrió la tapa de la cajita y ahogó un grito al ver el broche de exquisita factura que contenía. Dos periquitos de piedras preciosas formaban un círculo con las alas y sus picos estaban unidos en un beso. Era lo más bonito que había visto en su vida. Miró a Forde con ojos brillantes.

–Es perfecto. ¿Dónde lo has encontrado?

–He encargado que me lo hicieran –le pasó el brazo por los hombros y le besó la punta de la nariz–. Simboliza lo que quiero decirte todos los días de mi vida.

Los pájaros presentaban distintos colores a la luz

del sol que entraba por la ventana. Parecían estar vivos. En ese momento, el hijo que Melanie llevaba en el vientre le dio una patada, y ella experimentó una alegría absoluta.

Pensó, mientras daba gracias, que todo saldría bien. Habían atravesado la tormenta y llegado al otro lado. Era lo que creía.

Fue un día de Navidad perfecto. Forde preparó la comida mientras escuchaban villancicos y no consintió que ella hiciera nada. Sirvió la comida con mano experta y prendió fuego al pudin de pasas con coñac, ante lo que ella gritó de sorpresa.

Tabitha se zampó su ración de pavo, y cuando Forde le puso un plato lleno de nata líquida, resultó evidente que no se creía la suerte que tenía. Parecía haberse instalado a su gusto con los gatitos y no volvió a trasladarlos de sitio. Melanie deseó que fuera porque sabía que estaba a salvo.

Después de comer, mientras Tabitha y los gatitos dormían profundamente frente a la chimenea, Melanie y Forde hicieron un muñeco de nieve en el jardín. El aire era frío y cortante, y un mirlo cantaba a pleno pulmón.

Durante unos segundos, ella sintió un gran dolor por que Matthew no estuviera con ellos. Ya habría empezado a andar por esas fechas. Le hubiera encantado la nieve.

—Estás pensando en él. Siempre me doy cuenta.

Ella no se había dado cuenta de que Forde la estaba observando. La abrazó con fuerza mientras ella le decía:

—Me hubiera encantado decirle que lo queremos,

que siempre lo querremos aunque tengamos muchos hijos, que siempre será nuestro hijo querido, nuestro primer hijo.

–Un día se lo podrás decir y darle todos los besos y abrazos que quieras, amor mío.

–¿Lo crees de verdad? –se apartó un poco para mirarlo a los ojos.

–Sí. Pero, de momento, estamos en la Tierra y tenemos que seguir viviendo y querer a los hijos que tengamos. Cuando este niño nazca seremos una familia, Nell, y aunque la pena de haber perdido a Matthew no desaparezca, aprenderás a vivir con ella y dejarás de sentirte culpable por seguir experimentando alegría y placer.

–¿Cómo sabes que eso es lo que siento a veces? –le preguntó ella con expresión sorprendida.

–Porque yo sentía lo mismo al principio. Creo que deben de hacerlo todos los padres después de perder a un hijo. No solo es terrible, sino antinatural, el orden de la vida invertido. Un padre no debe vivir más que su hijo.

Ella se apoyó en él porque necesitaba su fuerza y comprensión.

–Esta vez, todo saldrá bien, ¿verdad? –dijo ella en voz baja–. No soportaría...

Él le levantó la barbilla y la miró a los ojos.

–Vamos a tener un hijo precioso, te lo prometo. Mira a Tabitha y ten fe, ¿de acuerdo?

Ella sonrió débilmente.

–Muchos dirían que es estúpido creer que el hecho de que, contra todo pronóstico, una gatita haya salido adelante es una señal para nosotros.

–Me da igual lo que piensen los demás –la abrazó con más fuerza–. Y estamos en Navidad, no lo olvides, una época de milagros y de deseos que se hacen realidad. ¿Quién hubiera pensado, hace unos días, que ahora estaríamos así, Nell? Pero aquí estamos, juntos de nuevo y más fuertes que nunca. Y hablando de milagros... –le tocó el vientre–. Una noche de amor produjo este hijo. Aunque sé que a la larga hubiéramos acabado juntos porque nunca hubiera aceptado lo contrario, este bebé ha sido un catalizador en muchos sentidos.

Su voz denotaba tanta resolución y seguridad que Melanie sonrió de nuevo.

–Entonces, ¿formamos parte de un milagro navideño?

–Por supuesto –él sonrió y elevó la vista al cielo, que presentaba diversas tonalidades–. Mira, es especial para nosotros, para que lo sepas.

Melanie soltó una risita.

–Estás loco.

–¿Por ti? Soy culpable, lo reconozco –la giró para que mirara el muñeco de nieve, al que habían puesto un pañuelo con lentejuelas de Melanie alrededor del cuello y uno de sus sombreros de paja veraniegos, con cintas y margaritas–. ¿Ya está terminado?

–Más o menos.

–Entonces, propongo que entremos a calentarnos.

–¿Frente al fuego y con una taza de chocolate caliente?

–Puede ser –la miró con expresión traviesa–. No es lo que estaba pensando. Me imaginaba algo más... acogedor.

–¿Más acogedor que un chocolate? –murmuró ella fingiendo que no lo entendía.

–Mil veces más.

–Pues, en ese caso...

–Y recuerda –le tomó la cara entre las manos mientras su expresión se volvía repentinamente seria–. Te quiero y me quieres. Todo lo demás es secundario.

Ella asintió. Quería creerlo. Necesitaba hacerlo. Y tal vez de eso se tratara: de tener fe.

Le rodeó el cuello con los brazos.

–Me encanta la Navidad.

Él la besó en la frente.

–Es la mejor época del año –dijo con voz ronca–. La mejor con diferencia.

Capítulo 13

ELANIE estaba recordando la magia de la Navidad mientras Forde la llevaba en el coche al hospital, a finales de mayo.

El tiempo había cambiado por completo. Llevaba semanas haciendo sol y calor, como si estuvieran en un país mediterráneo.

James y la ayudante que ella había contratado tenían mucho trabajo. El negocio iba viento en popa y comenzaba a tener fama de que era una empresa fiable que obtenía excelentes resultados, lo cual era una buena señal para el futuro.

Pero Melanie no pensaba en James ni en la empresa mientras el coche de Forde se aproximaba al hospital, sino en el hechizo de aquellos días en que Forde y ella se habían aislado en su mundo, con Tabitha y los gatitos.

Estos habían crecido con rapidez y se habían convertido en animales de personalidad diferenciada. A las dos hembras les habían puesto los nombres de Holly e Ivy, y al macho, Noel. Era una suerte que Tabitha fuera una madre severa, porque los tres eran muy traviesos. Melanie los quería con pasión, y los animales la correspondían a su manera.

Sin embargo, Tabitha era su preferida. La gata la

adoraba como lo haría un perro. La seguía por la casa, y lo que más le gustaba era tumbarse a sus pies o en su regazo, siempre que podía. Controlaba a las crías dando un golpe con la pata en el suelo de vez en cuando o gruñéndoles si se pasaban de la raya, aunque, en general, formaban una familia feliz.

Melanie pensaba sobre todo en la gata al preguntar:

–¿Has comprobado que los gatos estuvieran dentro, antes de marcharnos?

–Desde luego –respondió Forde en tono indulgente, pues ya le había hecho la misma pregunta dos veces–. Y la televisión estaba apagada y la puerta trasera, cerrada con llave.

Melanie le sonrió. Se había puesto de parto unas horas antes, pero las contracciones no se producían de forma regular ni dolorosa. De repente, la intensidad había aumentado de forma considerable y se habían vuelto muy seguidas, lo cual había asustado a Forde.

Tenían preparada la bolsa de viaje desde varias semanas antes. La habían colocado a los pies de la cama, pero Forde había sido incapaz de encontrarla hasta que ella le echó una mano.

Melanie miró el velocímetro y dijo en tono despreocupado:

–Vamos a ochenta kilómetros por hora en una zona en que solo se puede ir a cuarenta.

–Ya lo sé –respondió él en tono levemente tenso.

–Tenemos tiempo de sobra –pero mientras lo decía tuvo una contracción que le produjo un dolor casi insoportable.

–¿Estás bien? –Forde no había disminuido un ápice la velocidad y la miraba con desesperación–. Te dije que teníamos que haber salido hace horas.

–Estoy bien –consiguió sonreír–. A tres de las futuras madres que han acudido a las clases previas al parto las mandaron a casa porque era una falsa alarma. Me moriría si me pasara lo mismo. Quería estar segura.

Forde gimió.

–¿Te convencerías si el niño naciera en el coche? –al darse cuenta de que no era un comentario muy acertado, añadió rápidamente–: Podríamos solucionarlo si sucediera, pero prefiero que lo haga en el hospital.

Ella también lo prefería. Comenzaba a creer que habían salido demasiado tarde, aunque no estuviera dispuesta a reconocerlo ante él, y menos teniendo en cuenta la velocidad a la que conducía.

Centró sus pensamientos en el bebé y trató de conservar la calma. Habían decidido no saber el sexo cuando a ella le hicieron la ecografía de las veinte semanas. No les importaba. Al fin y al cabo, lo único importante era que estuviera sano.

Llegaron al hospital cuando comenzaba a anochecer, pero, por una vez, Melanie no se fijó en los arbustos floridos que rodeaban el aparcamiento, ya que tuvo otra dolorosa contracción. Se asió a Forde y comenzó a jadear como un animal al tiempo que le clavaba las uñas.

–Voy a por una silla de ruedas –afirmó él mirando a su alrededor como si de repente fuera a aparecer una–. Recuéstate.

Ella siguió aferrada a él con todas sus fuerzas hasta que cesó la contracción. Después dijo con voz firme:

—De ninguna manera voy a sentarme en una silla de ruedas. Las contracciones se producen cada cuatro minutos, por lo que podemos ir a la recepción antes de que llegue la siguiente y después puedo esperar un poco antes de ir a la sección de Maternidad.

Forde la contempló admirado. Desde que, después de Navidad, había vuelto a vivir con él, se había tomado las cosas con calma. Él llevaba dos semanas muy nervioso esperando a que naciera el niño, pero Melanie se había mantenido serena.

Habían decorado el cuarto del bebé en tonos crema y amarillo claro dos meses antes, y todo estaba dispuesto para su llegada.

A Forde se le hizo un nudo en el estómago, mezcla de emoción y preocupación por Melanie. No esperaba que tuviera tantos dolores.

No consiguieron llegar a la recepción antes de que tuviera la siguiente contracción. Forde añadió el miedo a las emociones previas. Se imaginó que el niño nacería en el aparcamiento y que él tendría que ser quien lo trajera al mundo. Debía haber obligado a Melanie a llegar antes al hospital, se dijo con desesperación mientras ella lo agarraba por las muñecas. Pero era terriblemente testaruda. Y maravillosa, hermosa y fantástica.

Al cabo de lo que le pareció una eternidad, ella aflojó las manos, aunque se le veían gotitas de sudor en la frente.

Melanie le sonrió, temblorosa.

–¿Recuerdas lo que nos dijeron en las clases en el caso de que el bebé llegara inesperadamente?

–No me lo digas –replicó él débilmente.

Casi la llevó en brazos el resto del camino y cuando entraron en el hospital se hicieron cargo de ella con una eficiencia que Forde agradeció en el alma.

Los condujeron rápidamente a Maternidad y los dejaron en una habitación. Durante unos segundos, él recordó con aprensión la última vez que habían estado allí, pero miró a Melanie y vio que estaba pendiente de las instrucciones de la comadrona. La miró a la cara y vio la expresión de absoluta concentración y el valor que demostraba, y se recuperó de inmediato.

–Lo estás haciendo muy bien, cariño –murmuró deseando poder compartir su dolor–. Ya falta poco.

En realidad, las contracciones se produjeron cada tres minutos durante las dos horas siguientes, que a él se le hicieron una eternidad, aunque el personal del hospital no parecía especialmente preocupado.

Melanie comenzaba a estar fatigada, incluso se adormilaba entre una contracción y la siguiente, pero seguía asida a su mano con la fuerza de una decena de mujeres y de vez en cuando le sonreía y le decía que todo iba bien.

Forde se sentía impotente. Habló con impertinencia a la comadrona un par de veces, hasta que ella le lanzó una mirada asesina.

Entonces, de pronto, poco después de medianoche, todo se aceleró. Melanie comenzó a empujar y apareció otra comadrona, más joven. Las dos mujeres se situaron al lado de las piernas dobladas de Melanie, mientras él, sentado al lado de la cama, le seguía agarrando la mano.

No creía que ella aún tuviera fuerzas para lo que se avecinaba, pero Melanie volvió a demostrarle que se equivocaba, ya que empujó con todas sus fuerzas cuando se lo dijeron las comadronas y jadeó como un animal cuando le indicaron que se detuviera.

Veinte minutos después nació su hijo, y era muy grande según dijo una de las comadronas, que inmediatamente lo puso en los brazos de Melanie.

Forde se dijo que, por muchos años que viviera, no olvidaría su expresión al mirar la carita arrugada del niño. Y este le devolvió la mirada como si reconociera a su madre.

–Hola –le susurró ella mientras las lágrimas le corrían por las mejillas y besaba la frente de su hijo–. Soy tu mamá, cariño. Y este es tu papá –se volvió hacia él con una sonrisa radiante y vio que él también lloraba.

–Es precioso –Forde lo besó tiernamente antes de ofrecerle el dedo. El niño lo agarró de inmediato con fuerza inusitada. Los dos se rieron–. Y mira la mata de pelo negro que tiene.

–Va a ser tan guapo como su padre –afirmó una de las comadronas sonriéndoles–. Es un niño precioso, no hay duda. Debe de pesar casi tres kilos.

En efecto, Luke Forde Masterson pesó tres kilos.

Las comadronas se fueron con la promesa de que

volverían al cabo de unos minutos con una taza de té para cada uno.

Melanie se sentó en la cama y acunó a su hijo. Forde se sentó a su lado, en el borde de la cama, y le pasó el brazo por los hombros.

–¿Cómo te encuentras? –le preguntó en voz baja mientras ella acariciaba las mejillas del niño con la punta del dedo.

Ella no se anduvo con rodeos.

–Estupendamente –contestó también en voz baja–. Y un poco triste, pero supongo que es natural. No significa que quiera menos a Luke, solo que hubiera deseado que las cosas hubieran salido de otro modo con Matthew.

Él asintió y le apretó los hombros.

–¿No es precioso, Forde? Y ya se te parece. Tiene tu misma nariz, ¿lo ves?

Forde miró a su hijo. En efecto, era precioso, el niño más guapo de Inglaterra, pero era simplemente un bebé. Se preguntó cómo las mujeres decían esas cosas y veían realmente lo que la mayor parte de los hombres no observaba. Sonrió.

–Preferiría que se pareciera a ti.

–No. Nuestras hijas se parecerán a mí y nuestros hijos, a ti.

Después de lo que había sufrido, a Forde le resultó sorprendente que hablara de tener más hijos. La besó en los labios con fuerza.

–La quiero, señora Masterson.

–Y yo lo quiero a usted, señor Masterson. Y siempre lo querré.

Epílogo

MELANIE y Forde tuvieron la familia con la que soñaban. Dieciocho meses después de nacer Luke, llegaron las gemelas, Amy Melanie y Sophie Isabelle, que confirmaron la predicción de su madre: eran su vivo retrato. Y dos años después, otro niño, John William, completó la familia.

Después de nacer las gemelas dejaron la casa de Londres y se mudaron, al campo, a una enorme mansión isabelina, con un amplio terreno y magníficos jardines que harían la delicia de cualquier niño. Incluso había una cabaña construida en uno de los gigantescos robles, situado muy cerca de la mansión. La cabaña era tan grande como la casa en la que había vivido Melanie. Esta no se había visto con fuerzas para venderla, debido a los maravillosos recuerdos de la Navidad en que Forde y ella se habían reconciliado. James se había trasladado a vivir allí.

Como la familia de Melanie aumentaba sin parar, James comenzó a desempeñar un papel mayor en la gestión de la empresa, que seguía yendo viento en popa. Había contratado a tres empleados a tiempo completo y a dos a tiempo parcial.

A Tabitha y su familia se les unieron dos perros y, cuando los niños crecieron, dos ponis y un burro.

Eran una familia feliz, pero cuando John comenzó a ir a la escuela, Melanie decidió que había llegado el momento de exponerle a Forde una idea que venía rondándole por la cabeza desde hacía tiempo.

Isabelle había vivido con ellos unos años porque estaba muy débil para seguir haciéndolo sola, pero, por desgracia, había fallecido en primavera.

Forde y Melanie, tumbados junto a la piscina que este había construido cuando se mudaron, observaban a sus hijos y a algunos de sus amigos jugando en el agua. Era un precioso día de principios de junio.

Melanie inspiró profundamente y se volvió hacia Forde, que, en bañador, estaba tumbado en una hamaca a su lado. Se le aceleró el pulso como siempre que lo miraba. Su cuerpo seguía siendo tan delgado, atlético y atractivo como antes. Lo besó largamente en la boca antes de volver a recostarse en la hamaca.

–Tengo que hablarte de algo.

Él le sonrió.

–No tienes que pedirme una cita, cariño. Recuerda que estamos casados.

No podía olvidarlo. Las noches de placer en la cama se lo recordaban constantemente.

–Hablo en serio. Quiero que acojamos a niños con problemas, a niños a los que nadie desea tener, como me sucedió a mí.

Forde se incorporó en la hamaca.

–Ahora que John va a la escuela y tu madre ya no está, me parece que es el momento adecuado.

Cuando estuve cuidando a Isabelle, pensé que necesitaba toda mi atención y una vida tranquila, pero eso ya no cuenta.

Forde miró a su esposa. Nunca se cansaba de hacerlo. Pensó que rejuvenecía con los años.

–¿Estás segura? Implicaría enormes cambios y al principio no sería fácil. Los niños también tendrían que adaptarse.

Melanie asintió.

–Lo sé. No es un capricho, créeme. Sabes que quiero a nuestros hijos con toda el alma y siempre serán mi prioridad. Pero... No tienen ni idea de lo desgraciados que se sienten algunos niños, y estoy contenta de que así sea, desde luego. Sin embargo, compartir su hogar, y a nosotros, con niños de esa clase los hará mejores personas a largo plazo. Son unos privilegiados, y doy gracias por ello, pero no quiero que crezcan sin entender que no todos son tan afortunados. Te recuerdo cómo lo pasé de niña, y deseo ayudar a esos pequeños, darles la oportunidad de sentirse queridos. Esta casa es inmensa; hay cuatro habitaciones de invitados que apenas se usan.

–¿Y cómo vamos a cuidar a más niños, a darles el tiempo y la atención que necesitan? Yo puedo estar más en casa, pero no siempre, y no quiero que te mates a trabajar. Necesitarás ayuda.

–Lo sé. Y en parte creo que es el momento adecuado porque hablé con Janet el otro día. Sabes que quedamos a comer dos veces al año.

Él asintió. La nueva casa estaba demasiado lejos para que Janet fuera todos los días, pero Melanie no había perdido el contacto con ella.

–Como recordarás, su marido murió el año pasado, y dos de sus hijos están casados y no viven con ella. La hija que le queda tiene dificultades de aprendizaje, pero limpia y cocina tan bien como su madre. Sé que a Janet le encantaría venir aquí a trabajar, con su hija ayudándola. Entre las tres llevaríamos la casa y yo tendría tiempo de dedicarme a nuestros hijos y a los niños que acogiéramos. Janet me serviría de apoyo en caso de emergencia. Sé que funcionaría, pero tú también tienes que estar de acuerdo.

–¿Dónde vivirían Janet y su hija? ¿En la casita que construimos para mamá?

–¿Te importaría?

–Claro que no, pero tengo que estudiar esto detenidamente. Los dos debemos hacerlo.

–Por supuesto.

–Habrá comprobaciones, papeleo y más cosas. E implicará dar cuenta detallada de nuestra vida a desconocidos, antes de que nos den el visto bueno.

–Pero merecerá la pena. Quiero intentarlo, Forde. Si no sale bien, al menos lo habremos intentado.

–Es muy importante para ti, ¿verdad?

–Sí, pero no haremos nada si no estás totalmente de acuerdo.

Él le acarició la mejilla.

–Si es importante para ti, lo es para mí, ya lo sabes.

Al mirarla como lo hacía, Melanie deseó abrazarlo y hacerle el amor, pero se conformó con tomarle la cara entre las manos y besarlo apasionadamente.

–Entonces, ¿puedo empezar a pedir información?

Él se llevó una de sus manos a los labios y le besó el dedo anular, en el que llevaba el anillo de boda.

–Lo haremos todo juntos, ¿de acuerdo?

–De acuerdo –susurró ella con deseo y amor.

Los Servicios Sociales los recibieron con los brazos abiertos. Para Navidad ya tenían todos los papeles y a los dos primeros niños, un niño y una niña, que pasarían las fiestas navideñas con ellos para ver cómo iban las cosas.

La historia de los pequeños era terrible. Desconfiaban de los adultos y el niño demostraba mucha rabia reprimida. Sin embargo, Melanie los quiso en cuanto los vio.

En Nochebuena se sentó en la cama del pequeño y le contó la historia de una niña que había sido acogida, pero que se sentía abandonada y sola. Él la escuchó con hostilidad hasta que le dijo que esa niña era ella, lo cual lo dejó perplejo.

Fue el momento decisivo que Melanie había estado esperando. El niño comenzó a hacerle preguntas y, al hacerlo, emergió su propia historia traumática. Estuvieron dos horas hablando antes de que el pequeño se durmiera.

Al reunirse con Forde en el piso inferior, él la tomó de la mano y la condujo a una ventana, que abrió. Comenzaban a caer copos de nieve sobre la tierra helada.

–Un mundo nuevo –murmuró él mientras la apretaba contra sí–. Es lo que quiero para estos niños,

Nell. He estado escuchando en la puerta mientras hablabas con él y sé que vas a cambiarle la vida.

–Los dos lo haremos –respondió ella con la voz ronca de emoción.

–Pero sobre todo tú –sonrió y la besó con fuerza–. Vamos a tener más milagros navideños, y nuestra familia va a crecer de un modo imprevisto, aunque me parece perfecto. Gracias a ti, amor mío. ¿Qué he hecho para merecerte?

–Eso es lo que pienso siempre que te miro –susurró ella–. No renunciaste a mí cuando me marché. Fuiste a buscarme. Nunca sabrás lo que eso significó para mí.

–Tampoco renunciaremos a estos niños –Forde miró el cielo del que cada vez caían más copos de nieve–. Esta será otra maravillosa Navidad, cariño.

Y lo fue.

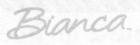

Valía la pena arriesgarse por un buen titular...

Hunter Philips, el rompecorazones de Miami, puso en marcha el olfato periodístico de Carly Wolfe. ¿Qué clase de individuo sin corazón era capaz de inventar algo como El Desintegrador, una aplicación para romper relaciones? Pero, cuando lo retó a un duelo en televisión, no supuso que el azul helado de su mirada y su carisma arrebatador acelerarían de aquella forma su corazón... Después de que un escándalo profesional le hiciera perder su trabajo, Carly se había olvidado del amor. Una relación con Hunter podía llevarle a romper su regla de oro de no implicarse emocionalmente, pero ¿no eran, al fin y al cabo, gajes del oficio?

Cómo romper un corazón

Aimee Carson

¡YA EN TU PUNTO DE VENTA!

Acepte 2 de nuestras mejores novelas de amor GRATIS

¡Y reciba un regalo sorpresa!

Oferta especial de tiempo limitado

Rellene el cupón y envíelo a
Harlequin Reader Service®
3010 Walden Ave.
P.O. Box 1867
Buffalo, N.Y. 14240-1867

¡Sí! Por favor, envíenme 2 novelas de amor de Harlequin (1 Bianca® y 1 Deseo®) gratis, más el regalo sorpresa. Luego remítanme 4 novelas nuevas todos los meses, las cuales recibiré mucho antes de que aparezcan en librerías, y factúrenme al bajo precio de $3,24 cada una, más $0,25 por envío e impuesto de ventas, si corresponde*. Este es el precio total, y es un ahorro de casi el 20% sobre el precio de portada. ¡Una oferta excelente! Entiendo que el hecho de aceptar estos libros y el regalo no me obliga en forma alguna a la compra de libros adicionales. Y también que puedo devolver cualquier envío y cancelar en cualquier momento. Aún si decido no comprar ningún otro libro de Harlequin, los 2 libros gratis y el regalo sorpresa son míos para siempre.

416 LBN DU7N

Nombre y apellido	(Por favor, letra de molde)
Dirección	Apartamento No.
Ciudad	Estado	Zona postal

Esta oferta se limita a un pedido por hogar y no está disponible para los subscriptores actuales de Deseo® y Bianca®.
*Los términos y precios quedan sujetos a cambios sin aviso previo.
Impuestos de ventas aplican en N.Y.

SPN-03   ©2003 Harlequin Enterprises Limited